"小小说美文馆"丛书

总 策 划 、总 主 审

杨晓敏　骆玉安

小小说美文馆

美文馆

世态万象

主编◎马国兴

吕双喜

从我窗前经过的人

郑州大学出版社

图书在版编目(CIP)数据

世态万象:从我窗前经过的人/马国兴,吕双喜主编. —郑州:
郑州大学出版社,2014.2(2023.3 重印)
(小小说美文馆)
ISBN 978-7-5645-1663-5

Ⅰ.①世… Ⅱ.①马…②吕… Ⅲ.①小小说-小说
集-中国-当代 Ⅳ.①I247.8

中国版本图书馆 CIP 数据核字(2013)第 310902 号

郑州大学出版社出版发行
郑州市大学路 40 号   邮政编码:450052
出版人:孙保营   发行部电话:0371-66658405
全国新华书店经销
三河市鑫鑫科达彩色印刷包装有限公司印制
开本:710 mm×1 010 mm   1/16
印张:13
字数:185 千字
版次:2014 年 2 月第 1 版   印次:2023 年 3 月第 2 次印刷

书号:ISBN 978-7-5645-1663-5   定价:42.00 元

编委名单

主　编　马国兴　吕双喜

编　委　（以姓氏笔画排序）

王彦艳　连俊超　李恩杰

李建新　牛桂玲　秦德龙

梁小萍　郑兢业　步文芳

费冬林　郜　毅

序

杨晓敏

书来到我们手上，就好像我们去了远方。

阅读的神妙之处，在于我们能够经由文字，在现实生活之外，构筑属于自己的精神生活。透过每篇文章，读者看到的不仅是故事与人物，也能读出作者的阅历，触摸一个人的心灵世界。就像恋爱，选择一本书也需要缘分，心性相投至关重要，阅读的过程中，你会发现他与自己的不同，而你非常喜欢，也会发现他与自己的相同，以致十分感动。阅读让我们超越了世俗意义上的羁绊，人生也渐渐丰厚起来。

在这个信息碎片化的网络时代，面对浩若烟海的读物，读者难免无所适从，而阅读选本无疑是一个不错的选择。从《诗经》到《唐诗三百首》再到《唐诗别裁》，从《昭明文选》到"三言二拍"再到《古文观止》，历代学者一直注重编辑诗文选本，千淘万漉，吹沙见金。鲁迅先生说过："凡选本，往往能比所选各家的全集更流行，更有作用。册数不多，而包罗诸作。"为承续前人的优秀传统，我们编选了"小小说美文馆"丛书。

当代中国，在生活节奏加快与高科技发展的影响下，传统的阅读与写作方式发生了深刻的变化，小小说应运而生，成为当下生活中的时尚性文体。小小说注重思想内涵的深刻和艺术品质的锻造，小中见大、纸短情长，在写作和阅读上从者甚众，无不加速文学（文化）的中产阶级的形成，不断被更大层面的受众吸纳和消化，春雨润物般地为社会进步提供着最活跃的大众智力资本的支持。由此可见，小小说的文化意义大于它的文学意义，教育意义大于它的文化意义，社会意义又大于它的教育意义。

因为小小说文体的简约通脱、雅俗共赏的特征，就决定了它是属于大众文化的范畴。我曾提出，小小说是平民艺术，那是指小小说是大多数人都能阅读（单纯通脱）、大多数人都能参与创作（贴近生活）、大多数人都能从中直

1

接受益(微言大义)的艺术形式。小小说作为一种文体创新,自有其相对规范的字数限定(一千五百字左右)、审美态势(质量精度)和结构特征(小说要素)等艺术规律上的界定。我提出的小小说是平民艺术,除了上述的三种功效和三个基本标准外,着重强调两层意思:一是指小小说应该是一种有较高品位的大众文化,能不断提升读者的审美情趣和认知能力;二是指它在文学造诣上有不可或缺的质量要求。

小小说贴近生活,具有易写易发的优势。因此,大量作品散见于全国数千种报刊中,作者也多来自民间,社会底层的生活使他们的创作左右逢源。一种文体的兴盛繁荣,需要有一批批脍炙人口的经典性作品奠基支撑,需要有一茬茬代表性的作家脱颖而出。所以,仅靠文学期刊,是无法垒砌高标准的巍巍文学大厦的。我们编选"小小说美文馆"丛书,是对人才资源和作品资源进行深加工,是新兴的小小说文体的集大成,意在进一步促进小小说文体自觉走向成熟,集中奉献出思想内容与艺术形式兼优的精品佳构,继而走进书店、走进主流读者的书柜并历久弥新,积淀成独特的文化景观,为小小说的阅读、研究和珍藏,起到推动促进的作用。

编选"小小说美文馆"丛书,我们选择作品的标准是思想内涵、艺术品位和智慧含量的综合体现。所谓思想内涵,是指作者赋予作品的"立意",它反映着作者提出(观察)问题的角度、深度和批判意识,深刻或者平庸,一眼可判高下。艺术品位,是指作品在塑造人物性格,设置故事情节,营造特定环境中,通过语言、文采、技巧的有效使用,所折射出来的创意、情怀和境界。而智慧含量,则属于精密判断后的"临门一脚",是简洁明晰的"临床一刀",解决问题的方法、手段和质量,见此一斑。

好书像一座灯塔,可以使我们在瞬息万变的社会不迷失自己的方向,并能在人生旅途中执着地守护心中的明灯。读书是一种积极的生活情趣,一个对未来的承诺。读书,可以使我们在人事已非的时候,自己的怀中还有一份让人感动的故事情节,静静地荡涤人世的风尘。当岁月像东去的逝水,不再有可供挥霍的青春,我们还有在书海中渐次沉淀和饱经洗练的智慧,当我们拈花微笑,于喧嚣红尘中自在地坐看云起的时候,不经意地挥一挥手,袖间,会有隐隐浮动的书香。

(杨晓敏,河南省作协副主席,郑州小小说文化传媒有限公司董事长、总编辑,《小小说选刊》《百花园》主编。)

目录

大　家 　　　　　　　　　　刘　齐　001

现　场 　　　　　　　　　　刘　齐　003

大　门 　　　　　　　　　　刘　齐　005

择　邻 　　　　　　　　　　聂鑫森　008

灵犀与顺拐 　　　　　　　　孙春平　012

夜　吼 　　　　　　　　　　孙春平　014

等你老时 　　　　　　　　　安石榴　017

旧　爱 　　　　　　　　　　凌可新　020

临门一脚 　　　　　　　　　凌可新　023

弱者的强项 　　　　　　　　秦德龙　026

神奇的自来水 　　　　　　　秦德龙　029

阳光一隅 　　　　　　　　　秦德龙　032

最美丽的死 　　　　　　　　陈　毓　035

如花似梦（二题） 　　　　　邓洪卫　039

夏天的秘密 　　　　　　　　邓洪卫　045

暴　走 　　　　　　　　　　非　鱼　048

来不及相爱 　　　　　　　　非　鱼　052

模　式 　　　　　　　　　　谢志强　055

樱花七日 张玉玲 058

一支烟的时间 张玉玲 061

没有生日的妈妈 梁小萍 064

新闻旧闻 梁小萍 067

大　哥 张海龙 070

遁入空门 张海龙 072

堵 闭　月 074

谋　杀 闭　月 077

幸福的蒲公英 朱耀华 080

祝福我的表哥 朱耀华 083

我为什么害羞 刘　玲 086

女人的花房 刘　玲 090

好日子,坏日子 常聪慧 094

天上人参 陈柳金 096

从我窗前经过的人 连俊超 099

结婚·离婚 崔　立 102

出　浴 李培俊 105

给我一支烟 段淑芳 108

丢失的初吻 纪富强 111

老　白 纪富强 114

肾 韩昌盛 118

俩女人的幸福生活 褚进龙 121

你敢送,我就敢收 蒋　寒 125

请　客 蒋　寒 128

普通话宿舍 李日月 132

表演者 .... 立 夏 **134**

你是一头森林象 .... 临川柴子 **137**

抢 戏 .... 相裕亭 **140**

大卫就诊 .... 刘会然 **143**

卖保险的女人 .... 申 弓 **146**

屋顶上的油菜花 .... 刘靖安 **149**

简单爱 .... 芦芙荭 **152**

尖 叫 .... 芦芙荭 **155**

感谢那条蛇 .... 马均海 **158**

我的名字叫罗斯 .... 郁葱 编 **161**

收费标准 .... 庞启帆 **163**

头 发 .... 叶仲健 **165**

寻找梁山伯 .... 叶仲健 **168**

玩 .... 杨光洲 **171**

高墙檐下的燕子 .... 苏三皮 **174**

柳 元 .... 杨海林 **177**

神秘的房子 .... 孙 凯 **180**

兰花挑 .... 王文钢 **183**

品 茶 .... 韦 名 **186**

布局者 .... 江泽涵 **190**

别墅里的女孩子 .... 谢大立 **193**

大　家

刘·齐

按事先约定,旅行社的中巴将于下午一时离去。归程漫长,路途险峻,不得不早点发车。大多数游客恋恋不舍地告别神秘秀丽的喀纳斯湖,按时上了车,只有三个人迟迟不归。

一时半,那三个人仍不知去向,大家不耐车内的燥热,纷纷躲到树荫下抱怨,历数三个家伙的种种不是。说什么从第一天上车就看他们不顺眼,没有一回准时的。耽误大家的时间就是图财害命,别是潜逃的特务吧?就他们那熊样,哪有人家特务那两下子。

二时,人还没回来。大家开始担忧,频频向远处张望。在这支临时拼凑的松散团队中,众人与三位失踪者毫无瓜葛,但同情心和不安感还是有的。湖区一带森林茂密,人烟稀少,早年还有"湖怪"吞食骆驼的传闻,会不会发生意外?他们几个不像缺心眼的二杆子啊。

二时半,失踪者总算出现了,每人骑一匹马,由哈萨克族小孩牵着,优哉游哉,毛发未损。原来他们的迟归,只是为了贪玩。

大家松口气,纷纷回到车上,准备出发。不料那三人下了马,却并不上车,和导游打个招呼,就旁若无人地钻进路边的一个小饭馆。

人们震惊了,愤怒了。这么晚回来,还好意思吃饭?素质太差!这不是欺负人吗?拿我们当什么了?谁去说一说,快开车吧,太晚了不安全,尽是盘山道,车翻了大家一起玩儿完,谁也跑不了。

愤怒了半天,只有一个来自北京的女人独自下车,前往交涉,其他人则留下来继续愤怒。

北京女人进了饭馆,试图阻止那三人点菜,建议他们买点儿干粮带走,未遂。向导游和司机求助,也未遂。导游、司机看来与饭店老板很熟,他们伙在一起,齐劝北京女人不要着急。

煎炒烹炸的油烟中,北京女人咳嗽两下,言辞激烈起来,其关键词有"信用""权利""做人""回扣""大家"什么的。迟归者中的一个冷冷反驳道:"大家都没说什么,你一个女人就代表大家了?"

北京女人顿时满脸通红,疾返中巴搬救兵。谁知大家都不肯当救兵,只是在车内嚷嚷一通,算作一种远距离的声讨。北京女人进也不是退也不是,在酷热的阳光下傻傻地干晒着。

三时,迟归者吃完饭回来,车上的人适时转了话题,谈起奶茶和伽师瓜。中巴启动时,北京女人突然出人意料地提议,由迟归者向大家道歉。

全体游客一愣,当即鸦雀无声。都说于无声处听惊雷,其实许多时候于无声处不一定有惊雷。汽车闷闷行进,远处牧场的羊群默默吃草。有人小声说:"得了,出门在外,都不容易。"一些人随声附和:"那是那是。"

北京女人冷笑,自言自语:"听说当年,日本鬼子一个班就敢管咱一个县,开始我不信,现在有点儿信了。"

无人接话,几个八九岁的孩子困惑地看看这个成年人,又看看那个成年人。

中巴改换低挡运行,地势陡峭起来。

现　场

刘　齐

人们进了场子，脸上亮亮的，都挺兴奋。从前只是在塑料盒子外面当观众，当一百年也是沧海一粟，今天一下子成了现场观众。现场！灯光照着，镜头瞄着，导演陪着，荣耀啊，我们也要进到那个盒子里啦。

导演是个梳披肩发的汉子，若在街上相遇，许多人会挺烦他，在这儿就比较顺眼了，好像在洗澡堂看裸体一样自然。

披肩发威严地摆摆手，止住场内的嗡嗡声，叫进几个人员，安插到观众席上。观众是便衣，人员也是便衣，但人员是有任务的，而且不能让外界看出痕迹，所以人员东一个西一个，坐得比较分散。

人员坐稳了，披肩发鞠个躬，说在座的都应该是嘉宾，希望多多配合。说完，让大家鼓掌，越热烈越好。观众有些惶惑，真正的嘉宾还没到，给谁鼓啊？披肩发解释，这是为了多攒些镜头，后期制作时，哪个精彩用哪个。观众恍然大悟，心悦诚服，便冲着台上的空椅子一遍遍地奉献热情。

热情录够了，披肩发又让观众听一支曲子的开头两句。

披肩发问："听出来是哪个人唱的吗？"观众迟疑，披肩发有些失望："这是歌星张小三唱的，你们一定要记住啊。"

接下来是关了大灯，等待。

等了很久，出来一个女主持人，站到台前，甜笑，"哦哦"试音。

又等了很久,灯光大亮,正式开录。曲子再次响起,女主持人问是谁唱的,观众憋足了劲儿大喊:"张小三!"

女主持人说,那我们把张小三请到现场,大家说好不好啊?语调极温柔,像托儿所阿姨在问小朋友,饭前便后洗手好不好?观众齐声答:"好!"

一股白烟从后台喷出,歌星露面了。但歌星不是来唱歌的,是来谈话的,话题:要不要吃月饼。

另有一些嘉宾尾随登场,依次是文学家、史学家、医学家、企业家、质量监督家。女主持人介绍说,他们呀,都很有名。观众感慨,现在顶数电视台和法院有面子,叫谁来谁就来。

排好了座次,嘉宾一一论起月饼。歌星言辞浅,从开裆裤时代讲到现在。专家道理深,从现在讲到用树叶遮羞的远祖。人员也不断起立,握着话筒侃侃而谈,高射炮模样的长臂摄像机转来转去,观众的眼睛都不知看什么好了。到底是现场,感觉就是不一样。

按照既定程序,场内起了争论,一派喜欢吃月饼,一派不喜欢吃。女主持人因势利导,请观众表决。观众人手三块牌子,赞成的举绿牌,反对的举红牌,犹豫的举白牌。由于该程序没有事先排练,一时红牌举得过多,超出了有关方面的预料。披肩发从暗处现身,高声叫停。他语重心长,讲了几点意见,尤其强调了节目宗旨和全局观念。

女主持人带领观众重新表决。这回比较理想,绿牌多了,红牌少了,许多人的口味瞬间逆转,全场欢声一片。

嘉宾席上,史学家叹息:"中国人啊,总是不敢坚持个人主张。"企业家说:"一个月饼,有什么可坚持的?"

录制顺利结束,观众缓缓退场。有人摆好姿态,在布景前留影。一个小姑娘想找女主持人签名,却畏畏缩缩,不敢靠前。女主持人跟披肩发和嘉宾相谈甚欢,每个嘉宾都得到一个信封,里面不知装的什么。

一个观众凑过来问:"咱这节目啥时播啊?"

披肩发正谈得起劲儿,没有理他。

大 门

刘 齐

　　大门面街，街上极热闹，有饭馆、水果摊、杂货铺、鲜花店、书报亭，还有总也走不完的行人和车辆。但大门这边不热闹，至少中午、下午、晚上不热闹。大门是灰色铁门，上面写着三行大字："灵室门前，禁止停车，违者罚款"。虽然没说由谁罚、罚多少，却很管用，真就禁住了。周围密头麻脸停了许多自行车、摩托车、小汽车，唯独这个门前光溜溜的，像演员退场后的舞台。

　　灵室是医院的一个部门，过去叫太平间。太平间的叫法比较奇怪，仿佛人活着无论怎么泰然、平静，都谈不上太平，只有咽气了，不动弹了，才会太平，太平无事？天下太平？啊，我一蹬腿，天下就太平，我成什么了？对此，院方好像也有所察觉，或者负责同志比较新潮，勇于求变，一经研究，得，就叫灵室。

　　灵室门前，一天里，仅有早晨七八点钟，才可能出现繁忙景象。这大约跟风俗有关，说到底，跟人的见解有关。沈阳人重视上午，人生大事都愿意上午办。迎亲，通常在九十点钟，够早了。出殡更早，睁眼就办。

　　秋季的一天，天气很好，金色的朝霞辉映着灵室大门，有备而来的人群簇拥着大门，一辆面包车用尾部对着大门。车前空地摆一个青瓦盆，里面装满黄表纸。哭声起，轻微而有节制。随之而来的是劝慰声："七十三，八十四，八十六了，可以了，高寿，超标，老神仙。"

在场的人以门和车为核心，水波般一圈圈漫延，悲伤度、紧张度依次递减，越往外越低，脸也不那么绷了，心也不那么跳了，甚至还有握手的、交换名片的、悄声问昨晚球赛结果的，一不小心露出笑容，虽无恶意，仍觉不妥，赶紧往回缩！不料还是被人瞧个正着，那人佯怒："好你个浑小子，总是嘻嘻哈哈的，也不分个场合，回头我告诉你们科长。"

"没那么严重，"有人解围，"这是喜丧，完了还有酒呢。"

早些年，盛京一带，奉天城乡，办丧事也备酒席，俗称"八中碗"。有调皮鬼遇长辈，常打趣说："老太太，啥时吃你的八中碗啊？"老太太则笑骂说："去！小王八羔子，回家吃你奶奶的八中碗。"

出殡人群的最外圈，即是广大而无垠的社会另一端，一切按部就班，像平湖一样无波，像海水一样喧闹。炸油条的小贩大声叫卖，寿衣店的女子埋头阅读，读的是一本时尚杂志，白领丽人在封面作态、凝眸。上班族行色匆匆，忙里偷闲，往大门这边看一眼。上学去的新新人类眼珠子乱转，想围观又不敢靠前。天空高远，树冠斑斓，正是郊游的好时光。没准儿当天下午，孩子们就带了滑板，结伴去逛北陵。没准儿哪儿也不去，皱着眉在屋里背单词。

最里圈的哭声大起来，时间到，灵枢缓缓上升，从灵室下层升到地面，乘电梯，乘床车，最终安卧于小面包里。

一位西装笔挺的汉子率家人跪在车前，每人腰间系一条白布带，胳膊缠一块黑纱，黑纱上缀一朵指甲大的小红花。

青瓦盆徐徐冒烟，汉子高举过顶，叫一声"妈，送你上路"，哐当！把瓦盆摔破。这时，不知哪一位的手机，突然莽撞地响了。还好，不是刺耳的响铃，是轻盈的电子音乐，米来都西拉嗖，拉都西都拉嗖拉嗖米……喜欢听歌的人猜测，八成是西洋曲子《蓝色的爱》。

灵车队走了，去火葬场了，灵室大门重新关闭。

一位穿工作服的老人手持大扫帚，在门前熟练地清扫。他主要扫那一堆灰烬和碎瓦片,外加两三朵白纸扎的小花。

灵室门旁,还有一个更大的、通往住院处的门。不断有人进去,有人出来,缕缕行行,熙熙攘攘,无法统计进去的多,还是出来的多。有人进去时是一个人,出来时变成了两个人,一个叫母亲,一个叫婴儿。

择 邻

聂鑫森

冯小梅和金大川,都在光明机械厂工作。女儿贝贝十岁了,正念四年级,又聪明又活泼,不但成绩好,而且会弹钢琴。为培养贝贝,两口子可是下了血本。唯一遗憾就是房子太小,一室一厅,加上家具、钢琴、洗衣机之类的东西,简直再没有多余的空间。

这些年来,机械厂闹得很红火,业务繁忙,效益猛增,干部、工人的工资都在三千元上下。于是,他们对原先的居住条件不满意了。厂领导决定,在离宿舍区不远的一个刚建成的社区里,先由公家垫付资金购下 A、B、C 三幢住宅楼,每家只需预付五万元,其余的在每月工资中慢慢扣除。三室一厅、两室一厅,自个儿选定,而且可以互相挑选邻居,真是"以人为本"啊。

冯小梅是个车工,金大川在厂部技术设计室工作。家里的事,冯小梅说了算,是名副其实的"一言堂"。冯小梅在车工一班,人缘好,不但干活风风火火,而且肯帮助人,大家都很喜欢她,都想和她做邻居。

A、B、C 三幢楼,每幢楼六层,三个单元,每个单元的每一层住两户人家。

车工一班,正好十二个人,代表着十二个家庭。大家一合计,都住 A 楼的第二个单元(又称之为"中门")吧,进出一对大铁门,上上下下为邻居,多好。

冯小梅说:"我选六楼的 601 室吧。"

大家很感动,这不是电梯房,她选取六楼是一种谦让。

与她车床挨车床的顾小兰立刻说:"我向小梅姐学习,住 602 室!"马贵芳说:"我得当个最近的邻居,501 室。"刘秀珍马上接上话:"那我就 502 室,没人跟我抢吧?"十二套房子尘埃落定,各有其主了。立刻有人掏出手机,向厂部的"分房办"申报了情况。

晚上,冯小梅向丈夫一说,金大川什么意见也没有,只是强调说:"你得仔细想想她们家的各方面情况。当年孟母择邻,为的是有个好环境,第一是有利于孩子的成长,第二是有利于我们的休息。"

冯小梅说:"对。"

将与她家住隔壁的是顾小兰,丈夫是摆摊卖服装的小商贩,孩子放到奶奶家去了。可这小两口,喜欢串门,一开口就是名牌服装和钱。女儿贝贝听多了,岂会不受影响?

马贵芳住 501 室,是个急性子,敢吼敢叫;丈夫是厂里的搬运工,言谈不但粗痞,而且嗓门儿大。这一对夫妇,动不动就吵架,还砸锅摔碗。在这一派噪声中,贝贝怎么能静下心来做作业、弹钢琴? 他们的休息也会成问题。

502 室是刘秀珍,五十五岁了,在车工一班做勤杂工,无非是扫扫地、领领防护用品,很清闲。老头子是市里卫生局的退休干部,老是把人邀到家里来打麻将,弄得他原先的邻居怨声载道。

对于将成为冯小梅邻居的其余人家,她一一反复思量、比较,都有这样或那样的不尽如人意处。

她把这些情况和金大川一说,金大川把手一挥,果断地做出决定:"另选一套房子!"

冯小梅说:"那我就得罪人了,往后怎么在车工一班做人?"

金大川笑了:"你把责任往我身上一推,说我不同意住这里,恶人让我来当。"

"假如,她们又要跟着我一起选房呢?"

"你傻呀,先不要声张。我去悄悄打个招呼,选一套 B 楼或 C 楼六层上的房子。等到出榜时，一切都成了定局，她们想换也来不及了。然后，你就说是我暗地里做的手脚，当着你的姐妹，还可以狠狠地骂我。"

冯小梅笑得差点岔了气，连连说："老奸巨猾，我得重新考察你了！"

一切都在有序地进行着。

冯小梅一家搬进了 B 楼的 601 室。两个大人和女儿贝贝各一间卧房，钢琴和书柜、书桌占一间房，还有一个客厅、一个厨房、一个卫生间。这日子，又宽绰，又明亮！

车工一班的人，没能和冯小梅做邻居，虽有些遗憾，却并不生气，大家依旧亲亲热热的。偶尔也有人开玩笑，问她："小梅，这回你先生吃豹子胆了，敢否定你的圣旨？"

"什么事他都听话，这一回他却咬死一条筋不放，我也只好让了他，男人要面子哩。""假如，半夜三更，他要和你做那件美丽的事呢？"

"去他的！一脚把他蹬下床去！"

大家一齐哄笑起来。

三天后的一个晚上，暮色四合，华灯灿烂。

晚饭吃完了，家务也忙完了。贝贝关上书房的门做作业了。冯小梅和金大川，坐在客厅里看电视，声音调得很小。

突然，他们家的大门被擂得咚咚直响，接着便传来苍老的歇斯底里的狂叫声。

金大川起身欲去开门，看看到底发生了什么事。

门外有另外一个女人的声音响起："别开门！别开门！"

金大川忙退回来，坐到沙发上去。

贝贝吓得一张脸惨白，从房里奔出来，挤坐到父母的中间，全身发抖。

接着，听见那家又出来两个人，把乱喊乱叫的人"架"了回去，而后是那家的门"砰"地关紧。

那个人还在自家的客厅里喊叫，声音穿墙破壁而来。半个小时后，才趋于平静。

"隔壁住的是谁？大川，你打听了吗？"

"看名字都是生疏的，所以没打听。"

"明天你得去问问，可别是个疯子。"

"好。"

第二天，金大川从人事处把情况探明了。那人是个早退了休的工程师，"文革"中被批斗受了刺激，患了间歇性精神病，隔三岔五地会发作。

这日子还长着哩，居然碰上了这样一个邻居！

幸而那套旧房子还留着。

是坚定不移地留住这里，还是搬回去？两难呀！

冯小梅说："人熟了，反而总看见别人的缺点，想避得远远的。这是什么毛病？"

金大川蔫着头，什么话也不说，只是一个劲儿地叹气。

灵犀与顺拐

孙春平

　　我的朋友老周，大学教授，主讲唐诗宋词，为人典雅而不失浪漫。老周的夫人几年前病逝，老周一直老僧打坐一般苦读经卷，被友人视为另一种浪漫。数月前，在朋友们的一再劝说下，老周总算点头应允，答应可再往前走一步，但前提是对方与他必须相当。

　　我的妻子听说此事，便想到了她的同事栗医生。栗医生年过四旬，主攻心脏外科，先生数年前遭遇车祸，她便一直独身，坚守着宁缺毋滥的原则，寻常男士，她是连个面都不肯见的。

　　这两个人，我都认识，的确是天造地设似的般配。我说："那就请两人来家坐坐？"几天后，妻子下班对我说："栗医生答应一见，但最好是另找支架搭桥之处，免得尴尬。"栗医生说的是医学术语，意思我懂，孤男寡女磕头碰脸地坐到一起，再被人问及取舍，确实让人难堪。于是，我便想到了离家不远的北陵公园，园内有一圈塑胶跑道，沿着林木和草坪逶迤铺筑，一圈五百余米，晨暮时分多有人去那里漫步或小跑。我和老周常在那里碰面叙谈。

　　北陵的正式名号叫昭陵，录入世界文化遗产，葬着大清朝的开国元勋皇太极。有此荫护，这桩晚来的姻缘当如康乾盛世一般美满。我把意思跟老周说了，老周颇显喜悦。稍有不巧的是，约定好的那天黄昏，我的妻子身体不适。她对我说："我给栗医生打电话，反正你和她也认识，我就不陪了，行吧?"

时值仲春,夜幕垂得不早,可也不算晚。我和老周如约而至,依着健身人的习惯,沿着跑道逆时针方向漫步而行,一连走了三圈,暮色愈发浓重,却一直没见栗医生的身影。老周说:"是不是人家已在暗处见过我,撤去了?"我摇头否认,说不可能。老周说:"那咱们逆着走,应该就迎上了。"我俩转身而行,又是三圈,老周的情绪越发颓丧了,说:"咱们回去吧,再独钓寒江雪,就有点犯傻了。"我掏出手机,要给家里打,老周坚决按住,说:"莫以成败论友情,谢谢啦。"

回家如实禀告,妻子急把电话打给栗医生,还把免提键按了下去。没想栗医生也是满腔的落寞与失意,说:"人家既不同意,就不要勉强了。"妻子说:"老周可没说不同意,人家连见都没见到你呀!"栗医生说:"我按时去的,逆时针方向走了三圈,怕顺了撇,又转过身走了三圈,也没见到他和你家老孙呀。"听此言,我不禁大笑,嚷着说:"巧了,真是太巧了,咱们明天再约可好?"栗医生说:"明天我值夜班,再说吧。"

老周听了缘由,也是大笑,说:"我顺她也顺,我逆她也逆,心有灵犀,是不是这也可算一例?"我为老周高兴,翌日,再跟妻子商量时间,万没料到的回答竟是,栗医生昨夜一宿没睡,想的都是这个事。她说:"夫妇既为夫妇,就要互补,好比人有左右手,又有左右脚,左脚迈前,右臂摆进,右脚迈前,左臂也必摆进,互补了才能保持平衡,顺拐不光难看,还要跌跤。昨天的事,看似巧合,但也可视为皇天示警,还是止步吧。"我问:"人的心脏却只有一个,又怎么说?"妻子说:"我也这么问她了,栗医生说,心脏也分左右心房和心室。左右心房和左右心室之间有间隔,互不相通。心房和心室之间有瓣膜,这些瓣膜使血液只能由心房流入心室,万万不可倒流。那种间隔和各司其职的流向,就是互补,乱不得的。"

对于这般回答,我只有喟然苦笑了。老周和栗医生,都是有学问有见识的人,他们谁的说法有道理呢?

夜　吼

孙春平

　　那嘶吼刚骂出第一声，葛大成就蓦地醒来，翻身坐起了。他没敢脱衣脱鞋，甚至都没敢睡到墙角现成的床上去，只是将三把椅子往保安值班室一摆，一把放脑袋，一把放腚，一把搭脚，且算睡下了。其实没睡，睡也睡不踏实，迷迷糊糊的，他就在等这声吼。翻腕看表，一点二十，又是这时辰！这条疯狗，他不睡，害得一小区里的人都不能睡！等我把他捆住！

　　"你有本事出来！你这个王八蛋！你是癞蛤蟆！你是头驴！"也就这么几句，翻来覆去的，那吼骂声在小区楼群间飘荡游窜。声音是从胸腔冲出来的，可着嗓门灌，声嘶力竭，炸了雷一般直冲云天，八成喝大了，借着酒劲儿撒酒疯。时已入夏，家家都开着窗。不少窗子亮起来，宠物狗们配合着汪汪地叫，停在小区里的小汽车也呜啊哇地参加合唱，那是电子防盗设备遭遇了超分贝噪声的干扰后的反应。不知是哪家汉子，冲着窗子往外喊："保安才是条没用的狗！"呼应着这声骂的，是几声口哨的呼啸。夏夜的小区热闹起来。

　　葛大成带着保安顺着吼声追，但就是追不着，连个人影都见不到。那嚷叫先是在北区响，可等他们赶到北区，吼骂又炸在了南区。他们埋伏在过道上，那吼声却像断了电的喇叭，再无声息。居民们骂得狠，不骂疯狗一般的酒疯子，却骂比狗还不如的保安。葛大成就是保安队长，他知道，明天，也许等不到明天，物业公司经理的一顿臭骂肯定又躲不过去了。

果然，腰间的手机振动起来。葛大成掏出看了看，想不接，但没敢，还是放到了耳边："经理，又把你惊醒啦？"

"我问你，到底还能不能干点人事儿？我没欠着你们哪一顿吧？"经理在电话里，也把保安当狗一样骂。

"经理，连着好几天了，我一直值班，连打盹儿都不敢闭眼睛，可连个鬼影都瞄不着啊。"

"打110，让警察来！"

"我也想了。可警察来了，除了白挨一顿狗屁训，又管啥用？"

"哼，这没用，那没用，我养你们就有用！"经理摔了电话。

也别怪经理，肯定是小区里有人被吵醒，直接把电话打到他家里，他也是刚挨了骂的。

这已经是第三次了。大半夜的，惊天动地的吼骂声突然从小区里蹿出来，还没等找到人，天地复归安静。过了几天，又闹起第二次，经理对着葛大成瞪眼了，说："怎么，你是不是还想让他一而再，再而三？"从那天起，葛大成就开始连轴转了，白天，他挨楼走访，请求提供线索，可居民们都摇头。他调看小区的监控录像，一遍又一遍，也没发现蛛丝马迹。夜里，他就带保安在小区里转，转累了，才躺到那三把椅子上眯一会。为这事，经理带大家开了几次会，说各部门千万别以为这事只是保安队的责任，业主们天天喊维权，这半夜三更被惊搅了美梦，就是人家拒不交物业费的理由。物业费收不上来，我可拿什么给诸位开工资？

经理快近中午时才露面，他从小汽车上出来，又忙着去开后座上的车门。原来经理是学孙猴子，碰到过不去的沟坎，就去请各路洞府神仙。车上下来的是派出所所长，脸阴着，不开晴。经理冲着站在远处的葛大成点点头，葛大成便一路小跑凑上前，惴惴地介绍情况，等着训斥和吩咐。

所长不说话，甩开大步往小区里走，经理和葛大成紧随其后。小区挺高档，花团锦簇，草坪茵茵，绿树成行，楼群四周是清一色的铸铁栅栏，两米来高,齐刷刷的,如戈戟冲天,寻常人进不来。大门有东西南北四个,以前夜间开东门和南门,出了有人吼闹的事情后,便只留了南门,二十四小时有人值班,检查进小区的所有人和车辆的证件。电子监控摄像头有八处,安装在要害部位,运行亦都正常。从硬件设施看,没问题呀。

派出所长到底是专家,巡察了一圈后,发现了问题。他指着小区西北角一处草坪上的两架小帐篷问:"那里住人吗?"

葛大成看了经理一眼,经理说:"是我老家的两个乡亲,日子过得都难,进城求我帮找个营生,可两人岁数都往半百上奔了,一个是哑巴,另一个是闷葫芦,放的屁可能比说的话还多,眼睛还有点毛病,哪里肯接这种人?没办法,我就让他们在小区里捡捡破烂。都是老实巴交的乡下人,没惹过任何麻烦。那两个小帐篷就是他们捡的破烂,是钓鱼的人扔的,你没看帐篷下还垫着席梦思吗?也是别人扔的。"

所长问:"冬天他们住哪儿?"

经理说:"冬天就得租房子了,天气暖和这几个月,不是图省俩钱儿嘛。"

所长拔步往前走,扔下两个字:"撵走。"

经理说:"卖酒的不能跟提醋瓶子的人要钱吧。那个事,真跟他们俩没关系。"

所长的话越发冷硬:"你自己有主意,往后别找我!"

那天午后,葛大成去向两位拾荒人传达经理的指示,话说得委婉客气,但很坚决。闷葫芦没说什么,转身去收拾东西,倒是那个哑巴拉着闷葫芦呜啦呜啦地比画,还一再拍自己的胸脯。闷葫芦说:"他非让我说,那我就说。夜里叫唤那几回,都是我干的。不整出点动静不行啦,小区进来了贼,白天踩好点儿,夜里肯定要下手。"葛大成大惊,说:"那你们怎么不报告?"哑巴攥着拳头做出往脑袋上打的样子,闷葫芦说:"我们哪敢,那些人手黑着呢。"

依经理的意思,两人虽夜里不可再在小区里住,白天还可以进来捡破烂的。但两人自从离去,便杳如黄鹤,也不知去了哪里……

等你老时

安石榴

　　我是在单位发病的，突然中风。送医院的整个过程我都是清醒的，只是四肢无力，口眼㖞斜，不能表达。不过这样在重症监护室一个星期，病情有了明显的好转，我被移了出来，本打算入住"高间儿"，怎奈这年头有钱有势的人如同煤球一样成筐装的，愣是没有闲置的房间，只好住两人一间的"亚高间儿"——我给起的名字，呵呵。

　　同屋另一位病人是七八十岁的老伯，他目前的状况比我还好，走动自如，说话清楚，只是每天打两组点滴。我估计他的问题在内部，一问，果然如此。

　　老伯是那种无忧无虑，健谈开朗的面相，但令我关注的是他精神的潜在状况。

　　在我住进来的一个星期中，除了朝夕相伴的老伴儿，没有第二个人来看望他。

　　他那一方冷冷清清，更显得我这一方热热闹闹。我的床头柜上、窗台上摆满了鲜花，床下更是琳琅满目，水果、牛奶、矿泉水、方便面、饮料应有尽有，几近一个小超市，更有人早早预备了一箱啤酒、几条好烟，虽然我不能享用，但看着我的下属们、朋友们围在我的床头吃吃喝喝，有另一种安慰。来看我的人几乎有川流不息之势。有时候几拨儿朋友先后到，老伯家的阿姨也不厌烦,还主动让出他们的椅子招呼我的客人坐,她自己则坐到老伴儿的床沿上。

我的妻子在银行工作,那种有板有眼的业务性质决定了她不能请更多的假陪伴我。病情稳定之后,妻子就去上班,只在晚上到医院来。我的下属和朋友就轮流在医院陪我。我偏是个冷清不得的人,避开了妻子的眼睛,我便大大方方地把女性朋友叫来陪我。我还不止有一个女性朋友,在我调度过程中往往发生意想不到的"撞车"事件,两个人在我的床头遭遇了,于是交恶,有时一个把另一个骂走,有时两个人同时愤而离去。折腾成这个样子的时候,我往往向对面床望去,很有些不好意思。但两位老人并不刻意避开我的目光,他们和缓从容地旁观着我的热闹。那种开明老人的宽容和大度、经历太多世事的沉静态度,一下子让我生出好感来。

与我猜测的一样,两位老人的确是温和而爽朗的人。

"你们这么大年纪了,需要儿女的照应,儿女呢?"谈话从此处开始。

老伯笑呵呵地说:"一儿,一女,一个定居法国,一个扎根美国,都是好孩子,但是鞭长莫及呀。"

"朋友呢? 难道没有朋友吗?"

老伯望着老伴儿,两人一起大笑了:"我们都八十开外了,这个年纪的人假如还有朋友的话,也都是拄着拐杖的三脚老猫了!"

在我恍然大悟的一刹那,人生繁华之态如烟花般纷纷破碎、坠落的飘零感骤然涌入心田,恐惧第一次突破热闹的虚假包装,大面积围攻我。

老伯看着我的窘态,理解似的淡然一笑,把老伴儿的手拉过来握在自己的手中,慢慢地说:"年轻人,记住我的话。等你老了的时候,不要多,只要有一个人时刻陪伴在你身边,那你就是这个世界上最幸福的人!"

我倒在床上,久久地陷入沉思。

第二天,老伯出院了。我把老伯和阿姨送到病房门口,回来时无意发现老伯床上的患者卡片还在,姓名一栏赫然写着:巴四方。

我猛然想起难怪看他面善。巴四方,萧城佳宁公司前老总。他执舵的时候,全国平均每户都有一台佳宁公司生产的彩色电视机,人称"霸四方",曾经是萧城无人不晓的英雄!

旧 爱

凌可新

有一天王九出来买菜，不小心被一个女人撞了一下。那女人恶声恶气地说："你瞎眼了？"王九很生气，明明是对方撞了他，凭什么骂他瞎眼了？瞎眼的应该是她。可是王九一向在女人面前都胆怯，小时候如此，现在还是如此。他就小声嘟囔了一句："又不是我撞了你。"想走，可那女人不放他，干脆扯了他的衣服，说："撞了人想跑？门儿都没有！"王九说："我没想跑……"那女人瞅着王九，突然叫道："王九！"

王九吓了一跳，急忙说："我不是王九。"那女人左看右看："你不是王九？你不是王九，为什么长得跟王九一模一样？"王九说："长得像的人多了。"这女人说："刘红云你认得不？"王九一听这个名字，就知道眼前的人是谁了。可他还是摇头说，不认得。这女人说："我就是刘红云。你连我都认不得了？"王九说，不认得。女人说，狗日的只要是王九，他就认得刘红云。王九说："我不是王九。"

这女人想了想，突然笑了一声，王九，你狗日的还是承认了吧。如果你不是王九，你还能自己出来买菜？只有王九，才肯做女人做的事情。王九还想否认，这女人啪地给了他一巴掌，说："你要是还不承认，我这就喊你耍流氓。"王九一听，赶紧说："我是王九。"

这女人说："你是王九，那我是谁？"王九只好说："你是刘红云。"女人得意地笑起来，说："早这样多好。"王九说："我……"女人哼了一声："看来你还是过去那副德性，胆小怕事，连树上掉片叶子都吓得尿裤子。要不是这样，只怕我早就嫁给你了……"

王九一直不敢抬头看她，只瞅自己拎的篮子。瞅了瞅，王九就说："你忙吧，我得回家了。"

女人说："见一面多不容易啊。不如我请你吃一顿饭吧。这都十几年没见面了。"

王九的脸白了白，知道刘红云的脾气，让她碰上就脱不了身了。当初他俩是谈过一段时间，还是他先害怕了，抽个空溜了。

女人看出了王九的心思，说："王九，你要是敢甩了我，我就跟到你家里，去跟你老婆说，我是你的第一个老婆。看她怎么收拾你？"

王九哆嗦了一下，说："你不能这么说，你又没当过我老婆。"女人说："当没当过，你知道，我知道，可你老婆不知道。我自己找上门来跟她说，她能不相信？如今的男人，有几个不花里胡哨的？"王九说："我就不花里胡哨。"女人哼了哼："表面现象吧。"

王九哀求说："我怕你了还不行吗？你放了我吧。我得回家给老婆做饭呢。要是我回去晚了，还不知她会怎么惩罚我呢。"

女人说："你要是害怕了，那你就请我吃一顿饭，随便请就行，吃过了我就放你回家。"王九说："不行不行，我怕你，可我更怕我老婆。"说着就走。

女人跟在后面，一边走一边说："你想逃脱，门儿都没有。"王九说："我真不骗你，我一定得回家。"女人说："你回家我就跟回去，看看咱们谁怕谁。"王九说："求求你，别再跟着我了，好不好？"女人说："我今天非得揭穿了你的画皮，让你老婆认清你的本质！"

结果王九在前面走，女人就紧紧地跟在后面。王九进了一个小区，女人也跟了进去。王九上楼女人也上楼。王九掏出钥匙打开一个防盗门进去，女人也跟着要进去。王九堵在门口，回头跟女人说："我真的不是王九。"女人说："王九，这都到家门口了，你还敢不承认你是王九？"王九说："你进来了，可不能后悔。"女人说："我从来也没后悔过。"

王九就放女人进门了，一进门王九就把门关上，然后王九冷笑着说："实话告诉你吧，第一，我不是王九，第二，我现在也没老婆，这些年我都妄想骗个女人回来当老婆。现在你自己送上门来了。哈哈，我一分钱都不用花就有女人睡了，你说，我有多高兴啊？"

说着王九就丢了篮子扑上来，要搂抱女人。女人一时吓坏了，结结巴巴地说："你真不是王九？"王九凶狠着表情说："你好好瞅瞅，我到底是不是王九？！"女人哪里敢瞅，急忙说："不是不是……"王九说："晚啦！哈哈。到嘴边的肥肉我不吃，那我真就是你说的那个王九啦……"

趁着王九往下脱外套的机会，这女人赶紧拉开门，兔子一样逃了出去。王九在后面喊，别跑啊小娘儿们，事儿还没做呢……可是只听见一阵杂乱的脚步声，那女人再也没出现过。王九坐下来，点上一支香烟，得意地笑了。香烟吸完，王九就开始动手做饭。看看时间，再过不到一个小时，老婆就该下班回家了。在老婆回来之前，他说什么也要把饭做好的，否则……王九的膝盖一凉，偷偷看了放在一边的洗衣板一眼。

临门一脚

凌可新

　　王九喜欢足球,他很希望儿子也喜欢。王九看比赛看得昏天黑地,儿子却连一眼也懒得瞥。王九问儿子喜欢什么,儿子说二胡。王九想,儿子当不成球迷,当个音乐家也不错。就给儿子报了个二胡班,星期天过去学一天二胡。

　　连王九都没想到,儿子果然有音乐天赋。这二胡才学了没多久呢,拉起来就有模有样,很像那么回事了。王九很高兴,拍着儿子的肩膀说:"好好学,等你成了音乐家,老子给你当经纪人。"儿子问经纪人是干什么的,王九嘿嘿一笑,说:"替你数钱啊笨蛋。"

　　儿子学得最好的曲子叫《二泉映月》。回来练习的时候,儿子一拉就是半天。王九听着有点悲惨,问儿子这曲子咋这么个调调。儿子说老师就这么教的。王九说,老师挨打了吧?儿子一脸迷糊,王九说,没挨打,能拉出这么个调调?

　　下一回王九送儿子去学二胡,看见教二胡的老师竟然是个女孩,长得清秀,一脸喜气,不像是挨过打的。可是没挨打,她怎么能拉出那么个调调来啊?再说现在生活多好啊,社会多和谐啊,拉二胡,用得着那么个调调吗?

　　趁学生练习的空隙,王九就这个问题请教老师,老师抿嘴一笑,说,《二泉映月》的作者是阿炳,很著名的哎。这个曲子也特别特别著名的哎。二胡比赛,想表现出高水平来,一般也都选这个曲子的哎。王九说,可我听着怎么有点惨啊? 老师说,阿炳老师生活在万恶的旧社会,受尽了压迫,眼睛又瞎了,爱情也没有,想想吧,这样的状态,他能幸福得了? 王九噢了声,明白了。

儿子学了几年,参加当地的比赛,竟然得了一等奖,被选中到省里参加大赛。王九非常兴奋,这跟中国足球队进了世界杯差不多。儿子去参加比赛,他也跟去了。自费也愿意。

儿子的老师还是那个女孩子,不过现在已经是个少妇了。但她还是那么漂亮,王九一看她,就有点发晕。所以王九不敢正眼看老师。

老师只带了王九儿子一个人来参赛。如果儿子得奖了,老师也成名了。所以老师很重视的,跟王九说:"你儿子有天赋,将来成为著名的二胡演奏家,基本上没什么问题哎。不过有一点我还是把握不住,就是你儿子似乎扎实度不够。"王九说:"这怎么说?"老师说:"有时候,你儿子进入得慢些。"王九说:"进入是什么意思?"

老师的脸红了一下,说:"一般搞艺术的,往往得有氛围。如果进不去,就无法很好地表达了。而一旦进入艺术的氛围里了,这时,他就能够达到物我两忘的境地。这时的发挥,就会超常了……噢对了,用境界来形容最准确。"

境界王九还是懂得的。他看球时,往往非常容易就进入了,虽然是在自己家的电视机前面,可感觉就跟进入现场一样,球队踢一个好球,他就会跳起来欢呼,踢了臭球,他也会跳着骂。输了球,东西他也摔了不知多少。那叫球迷境界。现在儿子在比赛的时候,是应该进入音乐的境界的。老师想表达的也是这个意思吧? 王九就点点头,问老师:"有什么法子吗?"

老师看着王九,说:"主要还是现在的人,无法体会到阿炳老师当时的心境哎。只有体会到了痛苦、悲伤,甚至绝望,才有可能与《二泉映月》真正地融在一起。你儿子的水平有目共睹,只是临场发挥……也就是说……"王九避开老师的目光:"是不是说我儿子还差临门一脚?"

临门一脚？老师的眼睛一亮，把着王九的手说："你说得简直太准确了。就是这临门一脚。若是踢好了，球进了，也就成功了哎。否则……"

王九想问老师是不是也是球迷，但显然，现在儿子的事情是首位的，就没问，说："老师你说该怎么办？"老师苦恼："我也不知道啊。现在的孩子，生活条件太优越了，他们哪里体会得到阿炳老师当年的心境呢？"

这确实是个问题。王九也想不出来。转身跟儿子说，儿子说："我只知道阿炳是个瞎子。"王九说，他受了那么多苦，你知道吗？王九说，他还没女孩喜欢，你知道吗？儿子连连摇头。王九痛恨地跺脚，你成功不了，老子就当不成经纪人了啊儿子……

轮到儿子出场了。王九急得不得了，看着儿子就要往舞台外去，心里一动，叫了声回来。儿子抱着二胡过来，眼巴巴看王九，王九盯着儿子，突然啪啪在儿子两边脸上各打了一巴掌，儿子疼得想哭，王九恶狠狠地说："哭？哭老子就宰了你个狗日的。要是出去拉不好，老子也一刀一刀宰了你！"他在儿子屁股上踢了一脚，给老子好好记着了！

儿子上场了，老师推了王九一把，说："你干啥打人啊？咋还踢人啊你？"王九嘿嘿一笑，说："你不是说要临门一脚吗？"老师说："那只是个比喻啊。哪里能真动手？"王九说："我心里有数。"

儿子出场后，坐下，手把着二胡，低头，不知在想什么。王九瞅着他，看见儿子抬头，眼睛亮亮的，像是哭了。接着儿子把二胡架到腿上，一手握弓，一手抚弦，手一动，《二泉映月》就水一样流淌了出来……

最后一个音符消失了，整个赛场一片沉寂。片刻，雷鸣般的掌声响起来。王九知道儿子成功了，一转眼，却被站在一边的老师抱住了。老师流着泪，什么也说不出来。

儿子荣获一等奖，所有的荣誉都得到了。王九瞅瞅泪流满面的儿子，再瞅瞅自己的手和脚，它们不久前还分别打过和踢过儿子的。一时王九不知道应该怎样跟儿子解释。

弱者的强项

秦德龙

一辈子争强好胜的他，不得不低头了。是啊，人已经老了，胳膊腿儿都硬了，心劲儿也蹿不上去了，不比年轻的时候了。不知不觉地，他已经被划入老年人的行列了，居委会开始向他赠送《老年春秋》了。

过去，他是个得理不饶人的角色。什么事，都不敢让他抓住理。他若是抓住了谁的小辫子，非弄个水落石出，非弄个里外高低。因此，人们都说他是个强者，走路都躲着他，说话也背着他。其实，他也不是无理取闹，他只是认死理。但人们都怕他，怕被他缠上，怕他喋喋不休，怕他与人决一雌雄。

岁月不饶人，他真的老了。

人一老，身上的毛病都出来了。有一天夜里，他突然感到一阵耳鸣。然后，就是听力下降。过了许久，他才勉强地适应周围的环境。从这以后，他无论对谁说话，都要费力叫喊了。因为，他根本就听不到别人在讲什么。可他越是高叫，对方却越是不理睬他。

为了与对方交流，他只好收敛急切、过高的声调，尽量让自己平静下来。这时候，他意外地发现，自己变得与周围和谐了。人们都以友善的态度对待他，帮助他，朝他微笑。他心里明白怎么回事，知道自己该怎么做了。他上邮局、银行等窗口办事，先报以歉意的微笑，示意自己耳朵不好，请人家多多关照。看见他这副谦虚的样子，那些原本冰冷的面孔，立刻变得友善起来，对他连说带比画,充满了柔情。他在心里悄悄地笑了,世界真的充满爱呀!

被人爱过的人,也一定会爱别人。他想为社会做点什么,为别人做点什么。他见商场里有人排队,立刻就站到队伍的后面。很快,他的身后就站了一些人。他回头望望,看到年迈体衰者,就招呼人家过来,把自己的位置让给人家。然后,他再走到后面去,重新排队。他并不知道人们排队要买什么,却对这个游戏乐此不疲。望着他那副傻样,人们都乐呵呵地说:"这老头儿,真可爱!"

他还挤上公共汽车,试图为那些腿脚不便的人占座。令他想不到的是,他刚上车,就有一个小孩给他让座,还尊敬地喊他:"爷爷好!"

他执意不坐,当爷爷的,怎么能坐到孩子让出来的座位上呢?

有个乘客对他说:"让您坐您就坐嘛,您也得给孩子一个做好人好事的机会呀!"

车上的人都笑了,给他让座的小孩也红了脸。

他心里很生气。在过去,他会很认真地批评这个说怪话的人。可现在,他没有这么做。最好的办法是息事宁人。于是,他坐了过去。他礼貌地对小孩说:"谢谢!"

他决定不下车了,占住这个座位,以便让给那些最需要的人。反正自己有老人卡,坐公共汽车免费。无非是从这头坐到那头,再坐回来,坐上几个来回。很快,就有一位孕妇上了车。他起身让座。过了几站,孕妇下车了,他又占住了这个座位。不久,又有一位跛者上了车。他起身让座。又过了几站,跛者下车了,他又占住了这个座位。接着,又有一位更老的人上了车……

他坐在公共汽车上,乐此不疲地做着这件事。

车长看不下去了。车长扭过头来说:"老同志,您究竟要去哪儿呢?是不是要去医院啊?这条线路上,没有医院。如果您要去医院的话,请换乘9路车,在医学院下车。"

他得意地笑了。但他还是做出耳聋的样子,迫使车长又大声说了一遍。

然后,他在换乘9路车的站牌处下了车。他心里有了主意,何不到医学院走一趟,看看住院的老周?

老周正在病房里烦躁不安地喘气。这位老周,原本身体是很好的,怎么会住进医院呢? 老周家庭富裕,子女无忧,也没什么挂心的事呀。与老周闲聊了一会儿,他才知道,老周住院,是让老伴儿气的。说白了,住院是为了躲避家庭战乱。老周在家里,总是和老伴儿发生口角,龃龉频频。住到医院里来,是图个心里清静。当然了,从某种意义上说,也是对老伴儿的一种惩罚。

得知这些,他哈哈笑了。

老周问:"你笑什么? 有什么好笑的?"

他以哲人般的口吻说:"你要学会示弱。一个人要善于示弱。示弱是一种修养。有了这种修养,你就不会剑拔弩张了,但你一定会获胜。"

神奇的自来水

秦德龙

医生为我做了检查。结果令人吃惊：我得了自来水缺失症。

我怎么会得这种怪病呢？

我对医生说了实情。这几年，我到一个边远山区支教，吃住都在老乡家。说实在的，山里很穷，很落后，老乡有了病，也只是喝碗白开水，顶多熬点稀粥喝。这里的人，靠天吃饭，吃水要到山里去挑，山里有山泉。当然，山里吃的喝的都是绿色环保食品，绝对不会有任何污染。

山区是没有自来水的。可我怎么会得自来水缺失症呢？

"问题就出在这里。几年来，你喝的一直是山泉吧？"

"那当然，我一直喝的是山里的水，吃的是山里的饭和菜。我一天都没离开过山区！"

"你还没听懂我的意思。我是说，正因为你没离开过山区，一直用山里的水烧饭，你才会得这种怪病。"

我愕然了。

医生吩咐护士给我挂瓶子输液。"输液吧，输几天水，你就好了。"

护士很快就给我挂上了吊针瓶子。然后，拍拍我的手背，让血管鼓起来，一针扎了进去。扎上吊针后，护士又调了调流速，让药液缓慢有序地滴入我的身体。

我忍不住问护士:"请问,您给我输的是什么药?"

护士爽快地答道:"自来水。"

我大吃一惊:"自来水?怎么不给我打药呢?"

护士笑道:"这就是药啊,你得的是自来水缺失症啊。你体内缺少自来水,所以,才给你输自来水!"

真是气死我了。我输自来水干什么?我到医院干什么来了?我就是来打针吃药的呀!我拔掉针头,找到了医生。

医生望着我,笑着:"你几年没喝自来水了,也没吃自来水煮的饭了,当然要给你输自来水了。我们要把你身上现有的水换掉,全部换成自来水!为什么不叫你端杯子喝呢?那样治病,看起来快,实际上慢。自来水,必须进入你的血管,才能全面吸收。你明白吗?"

我目瞪口呆,暗暗承认医生说得有道理。可我似乎还是不明白,自来水真的能治病吗?

医生让护士重新为我扎上了针。既来之,则安之吧。我心里已经有了主意,打完针,去查查自来水的功能,也许能得出结论。

化验室主任接待了我。她耐心地为我讲解了自来水的构成,还写出了分子式让我看。她特别强调自来水里都放有漂白粉,而漂白粉的成分就是药物。她还说,城里的污染越来越严重了,漂白粉的指标需要不断地修订。否则的话,就遏制不住日益严重的水污染。

原来,几年前,我已经喝惯了城里的水,吃惯了城里的粮食和蔬菜。我的身体里,早就习惯城里的自来水了。到山区工作后,不吃城里的自来水了,改变了饮食结构,我的身体反倒不适应了。所以,医生认为,最好的办法,就是给我的身体补充城里的自来水。说句实话,回到城里喝水,我总觉得有股子呛人的怪味。现在看来,自来水果真就是药水,我的确需要补充自来水了。

山区的老乡很挂念我,房东老弟特意进城来看望我。他提来了一个很大的篮子,用毛巾盖着。我猜想,里面都是我爱吃的东西,小米啊、红薯啊、山果啊。可我没想到，篮子里只有一瓦罐泉水。

房东老弟指着山泉说："这是让你润嗓子的。多喝点泉水，好得快。泉水甘甜，没有任何污染！"

我不知说什么好，只能据实相告："放这儿吧。今天，我输了很多水，肚子已经饱了。"

房东老弟走了，留下了那罐子泉水。

我提上瓦罐，将里面的泉水倒掉了。不这么做，我的身体怎能复原呢？我不能再喝山里的泉水了。

每天，我都要到医院排队输水，输自来水。过了些日子，身体状况明显好转了。看来，自来水真是神奇。

我没有再到山区去，却经常盯着空空的瓦罐发呆。

阳光一隅

秦德龙

一个人蹑手蹑脚地走进了图书馆。虽然,他不是蓬头垢面,但看上去衣衫不整。人们都觉得他很面熟。在哪儿见过他呢?

对,在大街上。他是个乞丐!

尽管他不事声张,尽管他藏头藏尾,人们还是认出了他。

没错,他就是个乞丐。文雅点儿说,是个拾荒者。

他进图书馆干什么?读书吗?真是笑话。一定是到图书馆要钱来了。现在的乞丐,和过去不一样了,不要饭,只要钱。你说你兜里没零钱,他说给整钱吧,我可以找零。啧啧,这就是现在的乞丐。时代不同了,乞丐理直气壮了。

这个乞丐却没要钱,而是从书架上抽了本书,坐到一角,默读了起来。

有人找到了图书馆馆长,要求把乞丐撵出去。

"图书馆是高雅的地方,怎能允许乞丐进来呢?"

"也许,乞丐需要精神食粮。"

"乞丐会不会顺手牵羊呢?"

"我情愿图书被盗,也不愿意没有人读书。"

"乞丐身上会不会有虱子呢?会不会将蟑螂带进来呢?"

"我无权拒绝乞丐进来读书,但其他读者可以选择离开。"

投诉者讨了个没趣,但并没有选择离开。他来到了乞丐面前,审视着对方:"你是怎么进来的?"

"从大门进来的。"乞丐抬起头来,不卑不亢地说。

"我是问你,门卫没有拦你吗?"

"拦我干什么?图书馆对所有的人免费开放。"

"你读书有什么用呢?"

"我在寻找一扇门。"

"你说什么?你想在书中找到黄金屋吗?"

"你说的不完全对。读书可以净化心灵,读书可以带来快乐,读书可以医治愚昧,读书可以拓宽视野。"

"这是乞丐说的话吗?如果,秦始皇活过来,再搞焚书坑儒,一定会把你杀掉的。"

"请你不要这么说话。告诉你,小时候,我也戴过红领巾,也有过梦想。"

"你的梦想?说说看。"

"不告诉你,我的梦想,永远在我心里。"

"真有意思。乞丐也有梦想。我看,只能是幻想。"

投诉者不屑地瞟着乞丐。围观的人,露出了复杂的笑容。

投诉者气哼哼地走了。他联络了几个同僚,以"普通读者"的名义,草拟了一份意见书,交给了馆长。

馆长看了看意见书,将乞丐喊了过去。"放心,我不会撵你走的。我们是开放的图书馆,对读者一视同仁。"馆长对乞丐说。

"我知道,您有难处。需要我做什么,您只管吩咐。"

"就算对你提个要求吧。读书之前,请把手洗干净,好吗?"

"没问题!"

第二天,乞丐带来了一块牌子,牌子上有几个字:"乞丐洗手处"。乞丐把牌子放到了卫生间,洗干净了自己的手。

投诉者看到了这个细节,却不甘心。他对几个同僚耳语道:"不会是图书馆在炒作吧？如果是的话，我们帮帮忙。"说完，他给电视台打了个电话，请记者过来。

乞丐看见了电视台记者，起身离开了图书馆。

"请问，你为什么来图书馆呢？你坐公交吗？你洗桑拿吗？你到电影院看大片吗？"记者穷追不舍，发出了连珠炮。

乞丐一句都没有回答，只留给摄影机一个背影。

当天晚上，电视台播出了这个背影。

人们看到了电视新闻，忍不住议论纷纷："乞丐可能是个思想家，可能本身就不是个乞丐。""也许，从前是个思想家，现在穷困潦倒了。""未必，也许是个艺术家吧，到图书馆搞行为艺术。"

乞丐却没有再到图书馆来。每天，他在大街上捡废纸，凡是有字的废纸，他都捡。捡了，认真拜读，然后，卖给废品站。不知怎么，电视台又发现了这个新闻线索，采用隐蔽拍摄，弄出了些花絮。观众们又看到了，并听到了，电视新闻的画外音是："他是个有文化的乞丐，喜爱读书，对方块字特别敬重……"

图书馆的馆长，看了电视，在大街上找到了乞丐说："你想读书，就回来吧。"

就这样，乞丐跟着馆长，回到了图书馆。每天，馆长给他安排些杂活儿，干完活儿，他就去阅览室读书看报。

电视台的记者又来了。

馆长充满深情地说："找到他的那天早晨，我发现他正在路边读报。朝阳的光辉，洒在他的脸上和肩膀上。当即，我就萌发了将他请回来的念头。"

面对电视镜头，乞丐什么都没说。

记者已经有了采访的腹稿，开头语是这样的："阅读是一扇美丽的窗户，通过它，我们可以发现生活色彩缤纷。"

最美丽的死

陈 毓

万花山墓园 A 区 31 排 31 座的位置在一棵老柿树下,柿树在十年前就有模样,十年过去,更是旺盛喜人。在盛夏,它的浓荫几乎能把人间的浮躁气息顷刻吸尽。

艾丽看这方属于婆婆的墓地,呆想,婆婆睡在这开阔干净的地方,没准儿比在那个病榻上好受些,她那张被病痛篡改的皱脸,也似乎只有这里的气息才抚得平。

今天,万花山墓园 A 区 31 排 31 座的这片墓地价格已经飙升至十年前的五十倍,像艾丽这样收入的人家早已不能问津,但是,十年前,艾丽和她丈夫买下这片地的时候,却极便宜。那时开发商的土地使用证还没有办齐全,就是说,入住这里的死人随时都会面临在政府的新规划中搬迁的可能。艾丽无端想,那些骨灰盒在搬动的时候会不会发出响动呢?但那时候,婆婆的命危在旦夕,买墓地迫在眉睫,还是走一步算一步吧。

不料十年过去,这片墓园不仅土地证早已备齐,还被开发商炒成了这座城市的一个观景台,价格也翻成天价。艾丽觉得婆婆即便睡在病榻上,也能做一个了不起的生意人。

婆婆是真了不起。给艾丽婆婆看过病的医生,没有不这么说的。他们说,她早已为癌症医学的研究贡献了一个奇迹,她创造的奇迹使他们的预言一次次成为谎言，熬得一个个主治医生陆续退了休，但勇敢的艾丽婆婆仍顽强地和她身上的病魔打着阵地战。

心情最重要。这是艾丽婆婆的经验，任何时候，都不能败给灰暗的情绪，你要压得过不好的、有病的细胞，你要给你的好的、有生气的细胞鼓劲儿。说话大声，吃喝大口，能走动就一天不落地去老年合唱团，歌一唱，满怀激情，看看我还怕啥。艾丽每次听婆婆这样的豪言，就觉得自己的身子又瘦弱了看不出来的一毫米。

相信精神的艾丽婆婆当然也相信物质，她本来就是被马克思理论武装了头脑的唯物论者，比如她相信抗癌药物中的进口药比国产的好。进口的药就是比国产的好嘛。艾丽的婆婆说。

每每这个时候，艾丽的丈夫老饕就不吭声。但是，起身离开的一刻，老饕还是说，就让咱妈用进口药，只要我还拿得出这笔钱。艾丽婆婆当即用少女才有的娇嗔语气给艾丽说，在火车上生他，当年吃的亏是值得的。又说，看你不生养，将来谁养你！

艾丽婆婆坚持用进口药，这自然超出了医保的范围，但艾丽婆婆才不操心呢，操心会杀死好细胞嘛！艾丽婆婆说，你们是健康人，你们得想办法。等你们养活不起我的时候我就不让你们养活了。一年十几万，眼下儿子能担当得起，那怎能放弃生？艾丽婆婆宣布，她再活十年，十年后，她考虑要不要松一口气，歇息去。

十年间，艾丽婆婆十三次被医院发出病危通知。但是，现在，在第十三次抵抗过医生的预言后，艾丽婆婆宣称自己的人生理想，就是再活十年。

十年，是婆婆给自己的一个期许，一个时限。综合艾丽对婆婆的感情，那就是又怜惜、又敬佩、又有隐秘的疼爱。

现在，艾丽提着一兜鲜芹菜，绕过雨后的积水潭，慢慢往家走。她走得很慢，简直是慢腾腾。芹菜是用来打汁的，给婆婆喝，她需要芹菜的粗纤维帮她带走体内的垃圾。芹菜汁午后才喝，现在时间还早。艾丽慢慢往家走，兜里的芹菜香味散发出来，刺激艾丽的神经。苍白的艾丽想，自己生命的激情似乎被强悍的婆婆吸纳去了，就像太靠近一棵苗壮的大树，另一棵树就难以盛大一样，艾丽是纤细瘦弱的，不仅体质，精神也是。

她觉得一个婆婆足以使她了悟生命的本相。她觉得自己是进婆婆家门的一个月后就把自己的一生都了悟了。她坚持不要孩子，她想自己对生活的退隐可能是从不想要孩子开始的，开始是朦胧的愿望，后来简直就是决绝。哪怕一次酒后，老饕用离婚的戏言抗议，艾丽冷着眼神回复，哪怕不要婚姻，也不要孩子。

现在时间流淌，老饕不要孩子的心思和艾丽竟然如此一致，真是艾丽未料到的。

不必要太多的钱，不必太设计未来，顺应天地，自然而然，这是艾丽现在的生活方式。

就这样，一个是无限的顽强和勇猛，一个是不尽的阴柔与低顺。一个要大声以壮行色，一个是悄声不惊人骇己。

秋天是艾丽最喜欢的季节，露珠的气息带给她欢悦，属于这个季节的雏菊更让艾丽留恋到挪步不得。如果允许，苍茫的远山艾丽可以看上一整天也不厌倦，落叶旋转而下的样子更叫她为之陶醉。暖阳照耀的午后，艾丽不觉走向万花山墓地，穿过生长雏菊的曲折小径，闻着菊花洁净的香气，艾丽再次觉得，除了神明，谁也不能剥夺一个人渴望生存的权利，哪怕这个生命只剩下一张瘪瘪的皮囊。

艾丽找到 A 区 31 排 31 座，她在积着厚厚的一层柿叶的花岗岩墓基上躺下，阳光的斑点在她眼前晃动，直到把艾丽晃进睡梦之中。

梦中的艾丽走进了一片低矮的树林，林子里生长着桦树、栗树、黄桷树，在一面长满了烟树的山坡上，艾丽发现了一个完美的山洞，洞口向阳敞开，烟树如明亮的火把照耀得满山一片彤红，要多壮观有多壮观，要多富丽有多富丽。

艾丽不觉走进山洞里，像是早有人预设好了，她看见洞中铺着厚厚的一层干爽树叶，树叶的芳香弥漫山洞，叫艾丽无比欣喜。

艾丽走到那华丽的床榻之上，尽量不弄乱身下的树叶，躺了上去。艾丽感到无边无际的树叶从天而降，每一片都落在自己身上，很快就把她的身体严密地遮蔽起来。

真香，真暖和。艾丽听见自己心底发出的赞叹声。

艾丽清晰地听见，山洞的大门在此刻慢慢地，轰的一声，关上了。

没有人看见此刻躺在 A 区 31 排 31 座花岗岩墓基上的艾丽，脸上那动人的微笑，是当年艾丽丈夫骑着破烂自行车在腊月的天寒地冻中，把一束结冰的鲜花放在艾丽家的大门边再悄然离去时，艾丽脸上都没有的生动表情。

不必再有人担心，我们没有孩子。艾丽不知道自己最后的这句话，是要说给谁听的。

如花似梦（二题）

邓洪卫

陈娟

儿子考上漂城中学，陈娟就从浮县搬到漂城，在中学附近租个套间。两室一厅，一厨一卫，一室朝南，一室朝北。陈娟把朝南的大的那间给儿子住，朝北的窄小的那间自己住。儿子正是长身体的时候，需要阳光的沐泽，需要阳光一样的心情。她宁可舍大求小，屈在那张小床上做儿子上大学的梦。

每天早晨五点四十分，闹铃一响，陈娟赶紧穿衣下厨，准备好早餐呼儿起床。六点半，儿子吃完饭，背好书包，噔噔噔，下楼上学去了。陈娟拿着袋子，奔菜市场买鲜肉和蔬菜。回来后洗衣服。洗好衣服，已经十点多钟。烧菜做饭。十一点半，楼道口，噔噔噔，儿子回来了。儿子甩了书包，狼吞虎咽，抹抹嘴，休息一会儿，又下楼上学。陈娟上网、聊天、打游戏。晚上，把中午的饭菜热热，儿子放学回家吃完了，去学校自习。陈娟坐在被窝里看电视剧。晚九点半钟，校园里准时传来悦耳的音乐声：晚自习下了，老师们辛苦了，同学们晚安。陈娟赶紧爬起来，削苹果。五分钟，儿子就回到家，接过苹果，回房间继续看书。夜里十点半，儿子洗了脚，喝了牛奶，睡了。她也回自己的房间，打开电视，静音，光看画面，看字幕。墙不隔音，她怕发出声音影响儿子休息。有时候，她会给丈夫打个电话，声音当然很小。并不是查岗，丈夫在浮县政府里谋事,副科,实在人,她很信任他。她只想听听他的声音,心里踏实些。

丈夫每周五开车来漂城,一家人团聚两天,周日下午回浮县。开始,陈娟会留他,明早再走不迟。丈夫说,不能,周一上午开会,迟到不好。陈娟想想也是,便不再留。

周周如此,大同小异。

有时,丈夫前脚一走,一个短信就从她的手机上冒出来。不是丈夫发来的,是另一个男人,叫吴成。吴成说,出来喝杯茶吧。

吴成是陈娟的高中同学。本来早已失去联系,陈娟到漂城后,在路上遇到了他,才知道吴成两年前从浮县中学考到漂城中学做老师。再一叙,原来吴成正教着儿子。

陈娟回来问儿子,你的语文老师是谁呀?儿子说,吴老师。陈娟问,课上得好吗?儿子说,非常好,旁征博引的,人也很有风度,温文尔雅。儿子还拿出一张试卷来,陈娟一看,上写命题老师:吴成。儿子说,卷子出得很活,不像有些老师找资料抄抄,图省事儿。儿子还说,他是我遇到的最好的老师。陈娟说,你语文基础差,要好好学啊。

第二天,儿子从学校回来,告诉陈娟,吴老师今天特地利用体育课时间把他喊到办公室补了一节课的作文。后来,儿子回来,不断地告诉陈娟,吴老师又留他补课了。儿子的语文成绩一天天上升,陈娟很高兴。

吴成不断地给她发短信,有时向她谈谈儿子在校的情况,有时问问她的情况,有时还约陈娟出来喝茶。陈娟本来有点排斥单独跟一个男人喝茶。但想到儿子,她答应了。再说,吴成是她的同学,很有风度的人。有时,吴成半开玩笑地暗示她,她心知肚明,但装着糊涂岔开话题。她很爱丈夫,她不能做出对不起丈夫的事,但又不能得罪吴成,就这么嘻嘻哈哈应付着。

这个周日的下午,丈夫开车走了,儿子吃完饭上晚自习去了,她又跟吴成在一起喝茶。位置临窗,窗外是街。她可以边聊天,边看窗外的街。街对面是一个宾馆,门楼上挑着喜庆的红灯笼,不时有男女进出。吴成说,你看,那些亲亲热热来开房的,有几对是夫妻啊?陈娟笑道,莫须有。吴成乐了,说,你真幽默。陈娟说,跟你这才子在一起聊天多了,受传染。吴成说,咱们啥时也去开个房。陈娟说,嘿,人家都是带着年轻小妹妹,哪有带着我这样老太太开房的。吴成说,你看,又有一对进宾馆了。陈娟透过宾馆的玻璃墙,看到宾馆大堂里站着一男一女。女的拎包坐到沙发上,男的在掏钱包,从钱包里掏身份证,取卡。陈娟仔细一看,不由愣住了,那男的正是自己丈夫,再看那个女的,有些面熟,却不认识。

丈夫不是回浮县了吗?怎么还在漂城?而且还带着个女的?

一连串的问号,扯着陈娟的心,把陈娟的心扯成一团乱麻。

丈夫跟那个女的拐进楼道,不见了。

吴成说,你好像有点不对劲儿。

陈娟说,没有,咱们回吧。

到了校园门口。陈娟的出租屋在校外,而吴成的宿舍在校内。往常,陈娟要回出租屋,吴成则进校。这天,陈娟却做出一个决定,到吴成的宿舍去看看。

在吴成宿舍里,陈娟几乎没有任何前奏就倒在了吴成怀里。

日思夜想的事情,今晚就要成功,这是吴成没想到的。他也顾不得许多,把陈娟压倒在床上。

忽然,陈娟推开他跳了起来,夺门而出。

窗外响起了悦耳的音乐声:晚自习下了,老师们辛苦了,同学们晚安。

陈娟飞快地往校门外跑,身前身后是匆匆往家里赶的学生。

他们不注意,这女人为啥这般慌张?丢了魂儿似的。

叶凤

漂城师范学院门口店铺林立,有商店、小吃店、理发店,还有书店。

离校门最远的那个书店唤作叶凤书店。不大,一间房,比平常人家的房子要深些。两旁书架沿墙而立，中间书架背对背。分中国文学、世界文学、哲学、政治、经济等栏目。门口右侧放着个书桌，桌上放着电脑，桌后坐着的，是个三十岁左右的少妇。她有时握着鼠标上网，有时摊开一本书，聚精会神地看，有时不上网也不看书，而是对着门外出神。门口坐着一个五十多岁的老太太，时而打打盹儿，时而往屋里瞄两眼。

这女子就叫叶凤。

老太太是她婆婆。

叶凤是乡下人，乡中学毕业后进了厂，嫁给了城里的一个开轿车的司机。司机性格不错，外形也高大帅气，对叶凤呵护有加。司机知道叶凤喜欢读书，没考上学校皆因为偏科，就在与家相邻的师范学校对面盘个书店，让叶凤守着，不为挣钱，只为叶凤有个喜欢的事做，解闷。

话虽如此，因为书店地理位置好，还是挣了些散碎银两。

司机经常出差到外地，回来必大包小包。有时只带给叶凤，忘了给母亲。母亲不乐意，给脸色看，明着骂鸡狗，却是说儿子娶了媳妇忘了娘，骂儿媳是实心肚子怀不出娃儿。儿子赶紧赔礼，答应下次加倍补还，晚上跟叶凤加倍努力。

努力是努力，结婚三年，叶凤的肚皮总不给力。

母亲急，儿子更急。叶凤当然也急。

在母亲骂鸡骂狗的催促声中，小两口就去大医院看了。回来，母亲一看儿子脸色，就明白，错在儿子。

吃药几个月，仍未见动静。听说邻市有个老中医，专擅医治不育。司机就开车去看了。老中医望闻问切，说，有治。开出几大包中药，嘱咐依疗程服用，三个疗程，自然有喜。司机满腹欢喜，到商场给母亲和妻子买了衣服、食物，和中药一起放在后座，往回开，却在快到家的三岔路口被一辆大卡车击中，衣服、食物、中药散了一地，司机虽无生命之忧，双腿却被齐齐截去，从此生活不能自理。

原本休闲的书店，要担起养家的责任。叶凤一度想把书店改换为饭店。

吃饭的总比看书的多。但最终还是没实施。叶凤对这书店有感情了。婆婆也不同意。婆婆说，来买书的好赖都是些文化人，吃饭的就不同了，杂七杂八啥人都有，还是书店稳当些。

起初叶凤不知婆婆用意，后来才渐渐悟出：婆婆是防着她有外心。

婆婆每天在家里收拾完毕，就推着轮椅上的儿子来书店。婆婆说，你男人在家里闷，到这里来散散心。司机来了几次，颇为无聊，就不再来了，但婆婆还来。有时坐在店里，有时坐在店外。遇到与叶凤年龄相当的男教师进来，就像看贼似的看着。叶凤明白，婆婆还是防着她，怕她有外心。

防是防不住的，外心如野草，破壁而出。

叶凤的外心不在男教师身上，而是一个小师范生，比她小十岁。

小师范生个头不高，文文弱弱。该生喜欢中午来。那时候，婆婆坐了半天疲倦，回家煮饭给儿子吃了。婆婆前脚一走，小师范生后脚就进来。

该生常站在中国文学架前看半天，后来干脆就坐在桌前跟叶凤面对面聊天。

叶凤怕回家。她愿意在书店里多待一会儿，即便没生意，也愿意待在店里。

司机的脾气越来越大了。

那么好脾气的人，因为失去双腿，也失去了耐性，终于爆发了。他拒绝吃饭，开始砸东西，夜半三更，像狼一样地嚎叫，还逮着机会，揪叶凤的头发。将装满饭菜的碗抛向叶凤，叶凤躲开，饭菜便溅了一墙一地。

叶凤跑出去，蹲在墙角哭了。

叶凤开始跟小师范生偷偷地搂搂抱抱。做贼似的，怕被人撞着。有时候，实在忍不住了，豁出去，关了门，匆匆地靠着书架好上一回。

匆忙，啥都没来得及体味，按漂城话来说，不了不意的。

他们怕那个老太太突然袭击。

叶凤想烫头。

一直以来，叶凤都是将头发绾在脑后，一根皮筋一绕，自然大方。这样的发型,伴随着司机的爱,伴随着家庭的建立,也伴随着家庭的破碎。

叶凤想换个发型。叶凤想烫头。叶凤想去去晦气。

可婆婆不让。婆婆说,你烫头,是要勾引男人啊,狐狸精。

叶凤就不好再提。

司机死了。一根绳子拴在床头,吊死了。

婆婆死了。硬硬朗朗的人,在儿子面前跌了一跤,死了。

没有人怀疑婆婆的死因。再硬朗的人,也会跌死的。

婆婆和丈夫安葬后的一天上午,叶凤到美发店里烫了头,把小师范生带到家里。

两个人终于在床上做了回事。叶凤搂着小师范生,问:"你没发现我的变化吗?"

小师范生答:"发现了。"

叶凤:"哪里?"

小师范生:"烫了头。"

叶凤:"好看吗?"

小师范生:"老气了。"

夏天的秘密

邓洪卫

我一个人住在老城区的老式居民楼里,房间的洗脸池正对着后面那幢楼的阳台。

我之所以选择这里,是因为这里安静。我是作家,需要安静。我每天写作到深夜两点,然后,一觉睡到上午十点。起床,上街买菜,回来做饭。吃过饭,看书。下午,或窝在床上看电视,或上网聊天,或几个朋友聚在一家茶社里打牌。晚上再喝点小酒。喝完了回来写作。写到深夜两点睡觉,上午十点醒来。日子就这么周而复始地过。

这个夏天的某个早晨,我比往常要早醒来三个小时,因为头天晚上喝多了酒,回来后没法按原计划写作,比往常早睡了三个小时。七点钟,我到后窗下的洗脸池前洗脸刷牙。当我把毛巾弄湿捂在脸上,顺着额头由上往下这么一抹,睁开眼睛,目光无意中就落在对面二楼的阳台上。我住的是三楼,看二楼的阳台居高临下,格外清晰。

我看到二楼的阳台上,有一个少妇的背影。蓬蓬松松的头发,宽宽松松的睡衣。头发是黑色的,睡衣是白色的——也可能是浅黄色的,我不能确定。女人的身材很好,虽然我只看到她的上半身,包括上半个臀部。她的面前,是一个长桌子,上面摊着衣服。她右手拿着熨斗,左手按着衣服,随着右手轻轻移动,她的身体在缓缓移动。那姿态十分优美。我看得呆了,忘记了洗脸。

几分钟后，那个女人熨完了衣服，转过身来。我瞪大了眼睛，我看到了她的脸。她没有让我失望。她的脸虽然不算美丽，但很端正。她顺手从阳台上方的衣架上扯下两件内衣，还闻了闻，很快绕过桌子，进了里间。

我深吸了一口气。刚才为了看她，我呼吸都小心，生怕忽略了细节。现在，我调整了自己，洗脸，刷牙。当我正准备离开回书房读书写作的时候，她又出现了。我惊讶地发现，她虽然穿着上衣，下面却只穿一件内裤。她的手里提着一条长裤，我看出就是刚才她熨的那条裤子。可能她刚才换上后发现裤子有折痕没熨好，脱下来，重熨一下。这次，她是正对着我，站在桌子的那边。我看到她的内裤是黑色的。她的大腿，在黑内裤的衬托下，显得很白。我看得并不是太清晰。我看到她的小腿。在桌子下面，并不细长，但很白。不到一分钟，她就提着衣服进了里间。

我回到房间，上网。我在QQ上跟一个非常有品位的女网友说刚才的一幕。我以为她会说我善于发现生活，观察生活，可是她没有。她只淡淡地说，你该找个女人了。我很失望。我以非常柔和的目光看着阳台上的女人，我坚信，我没有任何私心杂念。

第二天、第三天，我又看到了阳台上的她。第四天，我仍然看到她。场景跟前几天没什么两样，只是，她没有再穿着内衣出现。但我同样看得很仔细。第五天，我没看到她。那个长桌被推到阳台的角落，绿色的熨斗寂寞地立在上面，桌上没有衣服。门关着，没有女人出来。

但那天，我看到了另外一个女人。我百无聊赖，往三楼看。我惊讶地发现三楼也有一个女人。这个女人没有站在阳台上，而是站在卧室里面。阳台到里屋的门敞得很大，所以，光线比较充足，我看得也比较清晰。她穿着睡衣，是白色的睡衣，吊带的。我看到她的后背，很白。她转过身来，我看到她的脸，那是一张非常美丽的脸。无论从身材还是相貌，她都比楼下的女人要漂亮多了。那个女人在房间里转来转去，很轻盈，好像跳着什么舞蹈。

这时我的手机响了。我恋恋不舍地跑到卧室，我的手机却不响了。我赶紧又跑到后窗。我惊讶地发现，那个女人在里屋缓缓脱去睡衣，露出了洁白靓丽的身体。尤其让我惊讶的是，她一丝不挂地走到阳台上，拿起阳台上的两件东西，我看到一件是胸罩，一件是内裤。跟二楼的女人一样，她也把内衣放在鼻子下面闻了闻。女人为什么喜欢闻自己的内衣呢？我想不明白。那个女人拿着内衣很从容地到里面去了，一点都不慌张。她以为她是穿着衣服吗？她没有站在正门旁的空地上，而是到了我看不到的地方。不一会儿，我看到她穿着一件白色的连衣裙站在阳台上，她把手高高地抬起，她在绾她的长发。又过了一会儿，回里屋去了。

　　这个夏天，我打破了以前的作息习惯，晚上十点多睡觉，早上六点多起床。每天，我都在后窗前等待着美妙时刻的出现。三楼的，或者二楼的，我看得都很投入。我曾经想跟踪她们，想看看她们早上穿好衣服到哪里去上班。我想她们应该上班，不然不会那么准时。但我没有实施我的计划。我也曾想去敲她们的门，我就说我是推销员。其实，我就是想到她们的房间看一看。同样，我也没实施这个计划。

　　后来，夏天结束了。后来，她们都搬走了，这是我想不到的。她们先后搬走，间隔不到半月。这是巧合，还是上帝的安排？总之，我的后窗一下子空起来。

　　我仍然跟我的女网友聊天。我跟她说了我的夏天。她说："你真会编，或者你在幻想，你没幻想跟她们上床吗？"我说："没有。"

　　我说："那个二楼熨衣服的女人，很像我的第一任妻子，她很贤惠。后来，我为了另一个美丽而时尚的女人背叛了她。那个三楼的女人很像我的第二任妻子。她后来为了一个有钱的男人背叛了我。"

　　女网友还是不咸不淡地说："你继续编。"

暴　走

非·鱼

　　某一天早晨醒来，四周一片寂静，王小倩突然觉得很害怕。周遭的一切仿佛全都消失了，如同洪水之后孤独的方舟，王小倩孤零零地泊在自己的床上，床停靠在沉默的屋里。收破烂的、擦抽油烟机的、修电饭锅的、送矿泉水的、卖酸浆的，那些天天不绝于耳的声音，约好了似的，在这个清晨，全都没有了。

　　王小倩忙给老邪打电话："干吗呢？"

　　老邪呼哧呼哧地喘着粗气，他说："暴走，减肥。"

　　王小倩乐了，听着老邪紧张的呼吸声，她想到了他肚子上那坨肉。每走一步，那坨肉都会颤巍巍地晃，稍走快一点，那坨肉就晃动得厉害，好像带不动要掉下来一样。

　　"老邪，你哪根筋搭错了，怎么想起暴走了？肥减了十几年，貌似越减越肥啊。"

　　"别打击我，正热情高涨呢。你来不来？"

　　"去，去。"

　　得到老邪的邀请，王小倩觉得热火朝天的世界又回来了，她必须尽快投入沸腾的人群中，否则，这种窒息般的静默，真让人受不了。

　　王小倩找到老邪的时候，他在快速通道的路边站着，身边还有七八个人。老邪说:"一加一暴走团,所有成员欢迎王小倩同志加入。"

暴走团的成员有点儿奇怪,男男女女,老老少少,既有退休老工人,也有在职干部,还有老邪这样的商人,几乎每个人都代表了这座城市的一个阶层。

老邪说:"走吧。"

眨眼间,松松垮垮站立的几个人,腾腾腾走了,膀子甩开,脚下带风。王小倩冲老邪一咧嘴:"走这么快。"

老邪说:"你以为? 暴走暴走,不快能叫暴走?"

一个小时过去,暴走团停下来休息。大家找个地方坐下,喝水、聊天,老邪趁这机会,详细给大家介绍王小倩,哪个单位的,做什么工作,住在什么位置,等等。王小倩觉得老邪有点事儿妈的样儿,可当着那么多人面,她只好笑嘻嘻地点头。完了,老邪给王小倩介绍大家,比介绍王小倩更详细,估计把其单位人事档案所记录的都囊括了。介绍完了,彼此就成了熟人,同在一个组织,互相有了关心和爱护的责任,再开走,那些团员不再自顾自往前冲,照顾着王小倩的步点,速度明显慢了很多。

走回出发点,暴走团解散,团员们和王小倩一一握手告别:"明天再来啊。一定再来。"

王小倩对老邪说:"不错啊,这暴走团还真是温暖如春。"

老邪说:"这就是有组织和无组织的区别,懂不?"

王小倩点点头:"懂了,邪老师。"

王小倩正式加入了暴走团,开始每天或早或晚两小时的暴走。她喜欢的并不是走路本身,而是暴走团的那种气氛,真的是其乐融融,王小倩再也不用担心某一天早晨醒来,那种世界突然消失的感觉,因为,几乎每天,团里的某个人都会给她打电话或者发短信。

老邪说:"瞧瞧,你是大家共同关心的目标。"

王小倩说:"那是我招人疼。"

老邪捂着嘴,牙疼般乱叫:"呸,谁家倒了醋缸……"

　　王小倩确实招人疼。一天晚上，团里的莫阿姨拉住王小倩的胳膊："小倩啊，给你介绍个对象，明天去见见吧？"

　　王小倩一愣："谁说我要找对象了？"

　　莫阿姨目光柔软而疼惜："这孩子，你不操心我们还能不操心，你不离婚了一年多了吗。"

　　王小倩说："谁说我离婚了？"

　　莫阿姨说："你们单位人说的嘛，我们都知道了，正发动大家帮你呢。"

　　"我的那个神啊。"王小倩闭上眼睛，心里猫抓了一样难受。她对莫阿姨说，"谢谢阿姨，这个事我自己会解决的。"莫阿姨拉着她的胳膊："小倩啊，一定要抓紧啊。"这以后，王小倩再去暴走，就有意无意躲着莫阿姨，好像莫阿姨冷不丁又会问她的个人问题，或者从人群中给她拉一个相亲对象出来。

　　莫阿姨倒是真没再问，可那个经常一言不发的铁子又不对劲儿了。

　　铁子，王小倩叫他铁哥，不知道是真酷还是装酷，一般不怎么说话，走路的架势很训练有素，老邪说他当过几年侦察兵。

　　周六晚暴走结束，老邪告诉王小倩，说有几个朋友要聚一下。王小倩跟着老邪，准备上他的车，铁子叫住了王小倩。

　　铁子说："你知不知道老邪有老婆孩子的？"

　　"知道啊。"

　　"知道你还上他的车，大晚上的。"

　　"铁哥，这有什么不对？"

　　"我怕你误入歧途。"

　　"铁哥啊，我认识老邪二十多年了。我们一个院长大的，发小啊！"

　　"发小怎么没听你们说过？"

　　到这儿，王小倩有点儿怒了，搁她以前的脾气，她非得拧着细腰，给铁哥一巴掌不可，当年跟她离婚的"老茄子"都没管这么宽过。

　　王小倩懒得再跟铁子解释，扭身走了，她也没上老邪的车，而是以暴走的速度逃离他们。

后来，老邢打电话给王小倩，问她怎么回事，好好的怎么不去暴走了。大家都问她怎么了，发生了什么事，给她打电话不接，发短信也不回。

王小倩说："没事，是我自己不想去了，谢谢大家关心。"

远离了暴走团，王小倩又回到了一个人的自由状态，她觉得一身轻松。至于以后她还会不会再加入什么乒乓球协会、秧歌大军、拍手组、合唱团的，这不好说。

来不及相爱

非·鱼

是的，我就是其其。你一定很奇怪，在一张苍老的脸背后，我会有这样年轻的名字，是吧？孩子，请不要惊奇，闭上你的眼睛，忽略我的白发和皱纹，我的声音是不是还有些青春的气息呢？

对，这样就对了。时间对我来说已经没有任何意义。

那是一个黄昏，橙红色的太阳在树梢上一晃而过，我和小里面对面坐在飞速行驶的列车上，他看着我，我看着窗外。我知道他有话要说，他的眼睛在窗外夕阳的映照下，闪烁着明黄色的光芒。可是，还没等他张口，车到站了。有人匆忙下车，有人慌张上车。大人呵斥孩子的声音、孩子没有找到掉在地上的电子狗而绝望哭泣的声音、手机铃声、脚步声、行李箱拖过地面的嘟嘟声交织在一起。小里痛苦地摇摇头，等待着下一个时机。我也在等待。这个过程充满了紧张和甜蜜，我的两只手紧紧地攥在一起，汗津津的。

我和小里认识三天了。他们说，我们进展得太缓慢，一点也跟不上时代的发展步伐。是啊，按照时下的节奏，我们那个时候应举办婚礼才对。也许是我们两个都太迟钝，所以才造成了永远的悲伤。

列车太快了，我有点后悔来坐这一趟快得不可思议的车。一个又一个车站在眼前闪现，又被抛在身后，目的地仍在列车的前方。我们总是试图以最快的速度到达更多更远的地方，一刻不停，好像我们要不去看一眼，那些地方就会消失一样。

向往远方成为一种时尚。你知道，这样的结果是汽车的马力越来越大，火车的时速越来越高，飞机——哦，天啊，它早已经在天空织成了一张严密的三维大网，日夜穿梭，把我们这些人从这儿送到那儿。对，陀螺。我们就是像陀螺，没有鞭子抽打，我们也会不由自主地飞旋下去。

还是说那个黄昏吧。

我不知道一切是怎么发生的。小里终于握住我汗湿的双手，轻轻叫了我一声："其其。"我想答应，可那个"嗯"还在胸腔徘徊，还没有传递到小里的耳朵里，我就听到一阵刺耳的声音，是铁与铁发出的巨大摩擦声。接着，我感觉到了眩晕，风在耳边呼啸，我的双眼无法睁开，我隐约听到小里的喊声。

不，你错了。不是列车翻出铁轨，而是飞了出去。

等我能够睁开双眼的时候，我的四周是无尽的黑暗，我觉得自己好像一只气球，在飘来飘去。我试图动动胳膊和腿，好像都没有问题，只是脚下没有了坚实的土地。梦？真的像是做梦。

不知过了多长时间，我终于看到了光明。太阳升起来了。

我打量四周，无数的人、列车的碎片、我们携带的行李都在飘浮着，快速地移动着。我吓了一跳："究竟发生了什么？"

我惊慌地大喊："小里——小里——"

没有人回答。

无边的恐惧让我失声痛哭，可我的哭泣没有换来任何的回应，更别说安慰了。我的眼泪从脸上飞出去，在我的周围轻轻地舞蹈。

我是在又一个日出时才明白过来的，列车飞离地球了。我、小里、无数的乘客，还有列车本身，都变成了地球周围的行星。那才真的是叫天天不应，叫地地不灵。快，更快，再快，不断提速的恶果，终于让我品尝到了。

我无可奈何地飞着，能感觉到自己身体里的水分在逐渐失去，我变得干瘪枯瘦。

我隐约看到一个同样枯瘦的背影，从我身边飞过。我认得他身上的衣服,那件天空一样的蓝色T恤。我喊:"小里。"

他扭了一下头:"其其? 其其,是你吗?"

我急忙说:"是我,我是其其。"

我不知道他听没听到我的回答。他很快又从我的视野里消失了。

再次见到小里,我感觉已经过去了很久很久,日出日落太频繁了,我无法计算准确的日期。小里满头白发,满脸皱纹,就像我一样。我们只匆忙打了个招呼,就又分开了。

每看到小里一次,我的心都会碎一次。如果能够把心掏出来,它一定是支离破碎的,如粉末拼凑在一起。

我恨死了那辆列车,也恨死了它引以为豪的高速度。

可,一切都晚了。

我们还来不及相爱,就老了,老了……

我说这些还有什么意义呢? 孩子,赶紧回去吧,这里真的不好,能踏踏实实地踩在土地上,那才是最幸福的感觉。当然,还有慢慢地相爱。

模　式

谢志强

我打算去看看即将租用的房子,房东却约我在一家餐馆碰面。

房东问:"来点啥?"

我说:"随便。"

他说:"一碗凉拌面?"

我说:"汤面吧。"

他笑了,说:"酒呢?"

我说:冰啤。

他要了一杯扎啤。

我扫视了餐馆里坐满的顾客,再看看房东,来了疑问:"他们都是你的亲戚?"

他说:"不是。我哪有那么多亲戚? 他们都是本住宅区的居民。"

我说:"可是,他们长得那么相似,差不多像一个模子造出的——还有你。"

他说:"是吗? 住久了,你也会那样。"

我说:"我又不是变形金刚。"

他说:"存在决定相貌嘛。"

我说:"我简直分不清谁是谁了。"

他说:"我有数。双胞胎,只有娘知道谁是老大,谁是老二。"

接着,我发现,他们都和我未来的房东点了相同的饮料、面食。我感到孤立。我心神不定起来。房东悄悄向我介绍,他们一直坐同一张桌子,说同样的话题。类似我租用房子时的话题,也曾是他们进入该居住区的开端,渐渐地,他们融入了这个居住区。甚至,我揣测,他们举筷、咀嚼都是保持着一贯的程式。

我和房东进入了租房的话题。我执意要去现场看一看。

他说:"我们这儿租房都是这样,敲定了,我会交给你钥匙。"

我说:"我怎么知道房子是否合我的意?"

他挥挥手。我望向他挥手所示的窗外的住宅群,发现一排排房子的外观,都那么统一那么标准,陌生人一定会走错门。

他说:"这是我们艾城的一个特色。"

我说:"缺乏个性。"

他说:"我们寻求的是共性。"

我权衡了片刻,考虑到租金便宜,提出:"先预付两个月的房租吧。"

他说:"起步要一年,非一年以上莫谈。"

我还是担心,说:"室内的设施能保证像你所说的那样吗?"

他说:"你挑剔?这里的房子,室内设施都一模一样。还有疑问吗?"

我说:"难道如你说的那样,存在,即房子决定……或说改变,或说塑造着人的相貌吗?"

他说:"不但如此,存在还决定了意识。这是哪个名人说的来着?所以,你点的酒、饭,都容易引起别人对你戒备。"

我说:"我可没有害人之心。"

他说:"我知道你没有。你看,这里用餐的居民。"

我说:"长相雷同。"

他说:"你再观察。"

我发现,他们都默默地吃饭,只听到面条进入食道的声音。我说:"他们吃得真香。"

他说:"他们正在交谈。已经不用语言,不用问,不用答,都很默契。我和你,却费了那么大的劲儿,那么大的声儿。我原谅你,初来乍到。住进房子之后,你慢慢会融入我们——这片居民区。"

我说:"就像这模式化的房子?"

他说:"难道不好吗?"

我说:"我担心我的父母会认不出我了。"

他说:"你父母生你,希望你活着,当然,要活出个新模样来呀。"

我就付了租金,接了钥匙。我打算付餐费,说:"我来请客。"

他说:"我们这儿的规矩,下回,你请客。抛弃你过去的习惯吧。"

樱花七日

张玉玲

　　我累了,想结婚了。

　　我半抬起头,喝咖啡的银勺还搭在唇边,疑惑地看着对面的左小曼,说:"你是怎么想开的?"左小曼说:"我没有想开,我只是想结婚了。"说这话时,左小曼已经三十七岁了,她是这个小城真正的小资女人,有着一份收入不薄的工作,拥有装修雅致的高层住宅,小型的女士轿车。这样的左小曼,总是轻而易举地甩开在她面前大献殷勤的男同胞,像一条穿行在岁月缝隙中的鱼一样,似乎抖一抖尾巴,便会抖落掉尘世间的一切,让美永远展现在她的眼前。

　　左小曼说:"一个要和你一起生活的人,他必须让你百分之百地满意。"说过这些话,左小曼很落寞地摇摇头,就这样拉开了自己和婚姻之间的距离。在她三十七岁之前,我从来没有从她的嘴里听到过有关婚姻的字眼。

　　决定结婚后,左小曼就一次次地去相亲。左小曼的第 N 次相亲非要拉着我一起去,她说:"你帮我参谋参谋吧。"我坚决不同意。我说:"凭什么?"左小曼先是瞪圆了眼睛看着我,然后换上一副可怜巴巴的央求的神情。这样我就受不了了。我说:"好吧好吧,我仅仅是陪同你哦,到时候什么也别想问我。"

　　相亲的对象是一个四十岁左右、精力充沛的外科医生,离异,儿子跟着前妻,他每个月要付给他们大额的各种费用。相亲的地点在一个咖啡厅。外科医生很有修养地收敛着他具备穿透力的眼神,平静地喝着咖啡,聊着比才的《阿莱城姑娘》、勃拉姆斯的《第三交响乐》,甚至聊到了维瓦尔第的《四季》和《曼陀铃协奏曲》。我相信能够如此谈论音乐的医生,他的内心是丰富的。我看到左小曼惯常清高的神情中,透出了淡淡笑意。外科医生非常热情地邀请我们共进晚餐。

整个相亲的过程让人更加坚信:做美女,真好。

但结局却是出乎意料的,外科医生从此音讯全无。一次无意间听说,那次的相亲,外科医生还留下了一句非常经典的话。他说,越是精致的女人,岁月留下的痕迹越显得触目惊心。据说外科医生最后和一名刚刚大学毕业的实习护士结婚了,那个小护士不仅长得精致,而且水灵灵的。

一年后,左小曼也要结婚了,她要嫁给一个名气和年龄都很大的画家。我惊叹,唉!女人呀,一向都要求完美的女人呀!左小曼没有理睬我的惊叹。左小曼轻轻用手按了按眼角的鱼尾纹,平静的目光投向窗外不远处开得正艳的樱花,那里正有人拿着相机在拍照。左小曼说,你看那些樱花多美,它的美就在于盛开时的热烈,但你知道一朵樱花的花期是多久吗?七天,它仅有七天的寿命,过了这七天,它又能存活在几个人的记忆里?

再见到左小曼时,总是看到她坐在那扇能让人心平气和的落地窗前,身边围着三只白色的比熊犬。那时候左小曼因了画家,工作稍有了变化,属于那种说重要就重要,说不重要你几天不去也没人会说什么的职务。这样左小曼就有充足的时间来饲养她的比熊犬。左小曼说,比熊犬经常需要有人陪伴,要保持它最佳的形态,需要每日给它梳理毛发,定期进行专业修剪,当然还包括定期为它洗澡并吹干毛发使它们变得蓬松。左小曼说,一开始只养了一只,但觉得它寂寞,就养了第二只,后来还是觉得不够热闹,就又买来了第三只。画家老公常常会出席这样那样的会议,参加这样那样的活动,左小曼就会长时间地和她的比熊犬待在落地窗前。

她用手指了一下窗外,我看到不远处有几棵新栽的樱花树。左小曼

说:"再有几个月花就开了,等花落的时候我请你来观赏。"花落的时候? 我不解。"是呀,原来我只喜欢它盛开时的热烈,现在却总想起它怒放后纷纷飘落时的那种清高、纯洁和果断的壮烈场面。"

一支烟的时间

张玉玲

夏若终于还是去找白老板了。

坐在白老板宽大的办公室里，夏若才感觉到了自己的心慌，她突然发现，自己竟然不知道下一步应该如何进行了。但白老板却是明白一切的。白老板点了一支烟，用温和却冷静的目光，审视着坐在面前微微低着头似乎在努力平静心绪的夏若。他缓缓地问："你应该早就明白我对你的心意了，你今天来，是要给我一个惊喜的，对吗？"夏若轻轻咬着唇，低着头，没有回答。半天后，白老板终于很不情愿地问："恕我直言，难道，你今天就是为了你妹妹来找我的？"夏若略有些惊讶地抬起头，看一眼白老板，轻轻点下头："是的，我想，只有您可以帮助她。"白老板把目光转向窗外，果然如他所料。一支烟已经燃去一小半，白老板把那半支烟摁灭在面前的烟灰缸里，然后看着夏若问："难道为了你妹妹，你什么都可以做吗？"夏若皱了下眉，回答这个问题对于她来说似乎有些艰难："我不知道，我只知道她现在很需要我，和她一起毕业的那些大学生，很多人都有家长安排好了工作等着，可是她呢？她什么都没有，她只有自己的画，只有我这个姐姐，能帮她的人只有我，而我却发现自己竟然无能为力，连一个画展都没有能力为她筹备。"

白老板从办公桌后站起来，走到窗前打开窗户，再次点燃一支香烟，深深地吸了一口，眼睛看着窗外，接着说："那你呢？你考虑过自己吗？难道，你只是为了她而活着吗?"夏若轻轻叹一口气,再次沉默着。白老板把手伸过去,对着窗台上的水晶烟灰缸弹了一下烟灰,眼睛继续看着窗外。形形色色的女人从他的脑海中经过,但夏若是一个特例。从她第一天来公司上班时,被她那种冷冷的执着打动,到后来又被她冷冷的漠视吸引,直到刚刚,又被她举棋不定的徘徊感动。开始时,他也只是像对所有漂亮女人怀着一份猎艳的好奇心一样,对她怀一份好奇。只要愿意,在他这里没有女人可以逃得过去。但夏若却一直在状态外,于是他调查了她的一切,他才发现自己有些小看她了。她曾经拒绝了一笔学费,然后亲手藏起了一所著名音乐学院的录取通知书。她一次次拒绝了周围很多人提供给她的帮助,只想心安理得地过自己安静的生活。但是今天为了妹妹,她却还是走进了他的办公室。

白老板再次弹了弹烟灰,回过头看着夏若,说:"其实如果换一种思维方式,你已经为她做了很多了,让她上了大学,让她衣食无忧,这一切,你都是在放弃了自己学业的基础上来成全她的。而你只不过仅仅比她大了两岁,反而是她自己不够努力,把自己寄生在你身上。"

听到后面那些话,坐在沙发上的夏若看向白老板,目光中有种不容侵犯的凛然:"对不起,白老板,我不喜欢听到有人这样说她。"白老板依然看着窗外。夏若轻轻叹了一口气说:"在我来找您之前,以及坐在这里的整个过程中,我都不能确定我所做的一切是不是应该的,但现在我有点明白了,我是不应该来找您,有很多事情是命中注定,如果非要强求,也只能是自取其辱。"说着,夏若站了起来:"但我还是谢谢白老板,让我明白了这个道理,再见!"说完夏若就要走出去,却被白老板拦住了:"请留步,我的话还没有说完,也许我可以帮她的,只是……"站在门边的夏若打断了白老板的话:"对不起,白老板,请别再往下说,我已经感到羞愧难当了,再见!"

夏若走出去后,白老板站在窗前愣了半天,随即脸上露出了一丝欣慰的笑容。他轻轻地摇摇头在心里叹道:果然是好样的,她终于还是选择了做好她自己,在这样的生活面前能坚守到如此,他白华林见过的也只有她一个。

于是,白老板再次摁灭手里的半支烟,走到办公桌前拿起电话,打给了他一个在书画界做评论的朋友。他决定帮帮那个叫夏雨的女学生,因为她有个叫夏若的姐姐,因为夏若让他在两个半支烟的过程中,看到了一道风景,那道风景单纯地只为了美好而美丽着。

没有生日的妈妈

梁小萍

妈妈说她的生日是大年初一，我小时候特别羡慕妈妈的生日。

我心想姥姥一定最偏爱妈妈，所以才挑了一个那么喜庆的日子给妈妈做生日。我曾稚气地对妈妈说："妈妈怎么不学姥姥也把我生在大年初一呢？那样子我就和妈妈一起过年过生日了。"

妈妈说："大人过什么生日，生日就是一个记号。"

每年过年前一个月，妈妈就开始给我们兄妹几个准备新衣服。二十世纪七十年代按定量凭布票买布，妈妈攒了一年的布票也不够给我们每一个孩子都做一套新衣服，只好是大孩子穿新鞋子，小孩子穿新衣服，因为大孩子喜欢新鞋子，小孩子都偏爱新衣服，妈妈总是尽量满足我们每一个人的喜好。忙完了我们小孩子，妈妈还要办年货大扫除，洗洗涮涮就到了年二十九，年三十准备年夜饭，守岁放炮。大年初一清早吃饺子，大人们招呼亲朋好友、左邻右舍走亲拜年，我们小孩子也都结伴玩耍嬉闹，妈妈的生日就和节日一起过了。谁也没有刻意地给妈妈过生日，其实到了过年那时候大家一忙一玩，都忘了妈妈过生日这一回事了。

一年一年过得真快，后来我到外地上学，每年假期都会回家过春节，而且长大了也知道给家里带一些当地特产作年货。那天我在商场买特产，路过一个柜台时，我随意瞟了一眼就走不动了，那条围巾好美！真丝面料，淡淡的湖蓝底色,盛开着朵朵洁白的栀子花。看到栀子花想到了妈妈,妈妈最喜欢栀子花了。我突然想到这么多年了,怎么就从来没有给妈妈过个生日呢?妈妈的生日比过年更重要吗?我心里一下子内疚起来,买下了那条丝巾,请售货员用包装盒装好,还特意在包装盒上用粉红丝带做了一朵花,准备春节回家时给妈妈一个惊喜。这还是我长这么大第一次给妈妈买生日礼物。

大年初一,我把生日礼物送给妈妈。妈妈接到礼物时表情很惊讶,我看着有点失望,我还以为妈妈收到礼物会很惊喜呢!可是我转念一想,心里却又更内疚了,从来没有过生日的妈妈自然也从来没有收到过礼物,我的老妈居然连享受收礼物的快乐都不会啊!妈妈拿出围巾看了又看,对我说:"围巾真好看,这花跟真的一样。"说着妈妈脸上露出了笑容,看到妈妈高兴了,我也特别开心,原本的内疚也瞬间烟消云散了。

我说:"妈妈,我以后每年都会给你过生日。"

妈妈说:"过一个生日就行了,以后不用买礼物了,今天不是妈妈的生日。"

我说:"妈妈不是说大年初一是你的生日吗?"

妈妈说:"我没有生日。"

我很纳闷儿,说:"妈妈怎么会没有生日呢?那么大年初一是谁的生日?"

妈妈说:"你姥爷姥姥把妈妈的生日忘记了,妈妈大年初一过生日只是为了记住自己多少岁了。"

没想到我一直以为最受姥爷姥姥偏爱的妈妈原来那么可怜,居然连个生日都没有。姥爷姥姥在世的时候,妈妈对他们那么孝顺,再说又不是孩子多,他们一共就妈妈和舅舅两个孩子,哪有父母记不住孩子生日的?我还记得原来每次舅舅过生日,姥爷姥姥都会提前好多日子就嘱咐我们,到时候一定要回老家给舅舅过生日。说到这儿,我仔细搜索了一下记忆,好像原来过年,姥爷姥姥还真的都没提过妈妈生日这一回事。我真是越想越气愤,他们太重男轻女了，为什么单单只忘了妈妈的生日，舅舅的生日却忘不了。

我很生气，妈妈反倒没什么，对我说："不是你想的这样的。你姥姥一共生了九个孩子，旧社会家里穷，又赶上天灾，九个孩子死了七个，最大的都养到五岁还是病死了。有一回，一天就死了两个孩子，可怜你姥姥每次提起来都伤透了心，最后只剩下我和你舅舅两个。你舅舅还算好，一生下来就挺壮实的，我就不行了，一出生就很弱，你姥爷姥姥就听老辈人说啊，说孩子出生如果不记生辰，小鬼就叫不去了，于是他们就一直说我没有生的时辰。后来我也问过他们，我说那都是迷信，告诉我生辰吧，可是他们就是不说，也不知道他们是迷信不愿意说呢，还是天长日久真的把妈妈的生日忘记了。"

我那一股脑儿的怨气早就被妈妈的一番话说没了，姥爷姥姥还是非常疼爱我妈妈的，只是表达爱的方式不一样，他们是怕失去自己的孩子。

以后的日子，我也没再给妈妈过生日。不是因为妈妈没有生日就不过了，而是我看着妈妈越来越苍老，身体一年不如一年，我心里突然害怕了，我倒真希望迷信不是迷信，就如老辈人说的那样：没有生辰，小鬼叫不去。我也怕，怕有一天会失去我亲爱的老妈啊！

新闻旧闻

梁小萍

九十岁的刘姥姥走了,留下一份遗嘱:水葬。

这事一时间成了大院的新闻,不管是老年人还是年轻人,这些天都在有意无意地议论。

刘姥姥是位普普通通的老人,普通到即便同住一个大院多年,也没有几个人知道她的名字。那天大院收发室门口的墙上贴出了刘美凤的讣告,人们还不清楚刘美凤是谁。

男女老少进出大院,看到讣告都会不自觉地停下脚步,心里寻思"刘美凤"似乎是个陌生的名字。

有人冷不丁问一句:"刘美凤是谁?"马上会有熟知大院人员的收发室大伯接话:"就是那个刘姥姥。"

"哪个刘姥姥?"

"五号楼王佳的妈,王佳的儿子叫小强,小强的姥姥。"

拐了一大圈的弯子,终于对上号了,于是大家似乎明白,然后散了,各走各道,各忙各事。

"刘美凤",多么美丽的一个名字。还是叫刘姥姥吧!这么叫着听起来还算熟悉,至少还会让人联想到《红楼梦》里那个刘姥姥。毕竟现在要不是风口浪尖的人物,谁还会对陌生人的故事感兴趣? 一个普通人,也许一张讣告就算人生最后的通知了。不知道是现在的人太多了，还是人与人之间的关系淡薄了。大院并不大，人也不算多，但是谁家添丁少口，大院里似乎也没有多大动静。

像在以前，谁家添了宝宝，会挨家挨户送红鸡蛋，彼此感受和收获到的是一片喜气。如今也许谁家宝宝满月抱出了门，你才知道人家有了喜事。而且你也不会为别人感到多少欣喜，只不过还要碍于情面，面带虚虚的笑容走上前看着宝宝夸赞几句。可怜新生小宝宝清澈的眼睛看着你，就要面对人世间最真实的虚伪，说不定还会回报你一个天真的笑容。如今为什么那么多虚伪的人，也许这就是他们最初的启蒙教育吧！再比如过去谁家出了点事，大院相熟不相熟的人都会来帮忙，而今人们也来，却好像机械地走一个程序，更多的仅仅是还个人情。

刘姥姥生前就是一位不起眼的老人，还是姑娘嫁到大院生了孩子后，才跟着来到大院带外孙的。后来年老了又瘫痪在家几年，所以大院里很多人都不太熟悉她，也记不住她最后的模样了。说起来，大院里很多老人就算有印象，一般是冠以孩子的妈妈，要不就是孙子奶奶、姥姥的名称。只不过让大家最意外的是，九十岁的刘姥姥居然会选择水葬。

"水葬"，一个很新式的葬礼。这种形式也没有什么特别，就是一个观念问题。主要是一位九十岁的老人能有这种意愿，大家就感觉老人的思想不一般了。毕竟九十岁的老人是从旧社会走过来的，从小受的是传统教育，加上自古以来根深蒂固的风俗，一位九十岁的老人能有这么新式的观念，在大多数人的眼里，特别是年轻人的眼里实属意外，这似乎代表了一个人的思想高度和境界，而且听说刘姥姥家乡的老宅坟地相当气派。

听到大家对于刘姥姥的赞誉，大院王奶奶的心里一再质疑。王奶奶和刘姥姥生前是老姐妹，一同生活了大半辈子。王奶奶絮絮叨叨，说什么刘姥姥根本不是境界高，也不是思想多么好，而是骨子里就没改造好。要不是念在多年老姐妹分上，早把刘姥姥那点破事说了。王奶奶一副悲天悯人的模样深深感慨："这人的思想还真是顽固不化，走了还弄这一码子事。"

年轻人听不惯了："瞧瞧人家刘姥姥的思想，这是为了子孙后代造福的好事，你不赞同就算了，说什么风凉话？"

王奶奶听了急了，一直憋在肚子里的陈年往事终于蹦了出来："你们知道个什么，刘姥姥的老头子是个国民党军官，当年坐军舰逃离大陆去台湾时，军舰在大海里被共产党的大炮给打沉了，结果死在了大海里。当时国民党部队逃跑得急，没带上刘姥姥，要不然她也早死在大海里了。后来刘姥姥因为是国民党军官家属，还被送去劳教农场劳教了几年。我看她当年就没改造好。要不是她老头子死在海里，她才不会把自己一把老骨头扔大海里呢！她根本不是什么思想进步，她就是找她老头子去了。"

年轻人听说了，禁不住一个个露出满脸的诧异。王奶奶似乎很满意自己的解释。不管老姐妹的情意如何，这个立场还是要鲜明的。

于是在一片唏嘘声中，年轻人说："感人！"

王奶奶一听心又乱了，忙说："有什么感人的？她老头子是国民党！"

年轻人看着白发苍苍的王奶奶，笑笑说："您老不懂，这是感情！"说完，年轻人就走了。

王奶奶望着远去的年轻人，有点愣神："我不懂，你们懂，你们这些年轻人懂什么感情啊？"

大 哥

张海龙

写诗这回事儿，就像混黑社会，也得有个大哥罩着你。

和黑社会一样，要写诗，你就得玩儿命打几个码头下来，就得找几家发东西的杂志，这才像个混的样子。打下码头，就可以收保护费，可以在江湖上扬名立万，浪得些虚名。等着你打下了几个不错的码头，成了人们口口相传的响当当角色，那时你就该漂漂亮亮地再打上几场大架了吧？得好好写，弄出几个让大家看了都沉默半晌的东西。

在这后面，是大哥站着，替你撑腰，教你砍人，讲些江湖掌故，拉扯些是非恩怨，顺便把江湖上那些由来已久的规矩传授给你。大哥的身份似乎是天生的，没见他跟过什么人，只见他手下的兄弟流水般换了一拨又一拨。从穿风衣戴眼镜慢动作的知识分子形象，一直到长头发破牛仔裤眉头紧皱的愤青，从乡村学校一直到报馆书坊，到处都有大哥带出来的兄弟。大哥是牛人，在许多国家级刊物上都发了作品，还出了好几本书，说起话来，总是把手臂凶狠地向下一劈，很有气势的样子。

劈下手臂的另一种场合，是在各类名目不同的酒场饭局上。大哥好酒，一晚上可以赶四五个酒场，马不停蹄，淋漓尽致，激情四溢。大哥是酒桌上理所当然的核心人物，他开口或者沉默，都会引起其他人的严重关注。前些年，大哥在酒桌上有两大嗜好：一是唱歌，二是打手机。唱歌是因为大哥的确有一把好嗓子，把些个民歌唱得人心里慌慌的，像是魂都被勾走了。打手机是因为大哥交游广泛兼之兄弟众多，于是呼朋引伴，酒桌上像做加法，人越来越多，酒越喝越欢。大哥的日常生活就是从一个酒桌到下一个酒桌，喝完酒，或者去 KTV 或者去酒吧，总之夜晚会无限延长，宴席永远不散。

不过，你别以为大哥成天就是声色犬马、纸醉金迷，他不露声色间就出了手，写出的壮观字数让你恍惚间以为他的时钟总比你多出隐秘的几个小时来。

大哥是有性格的人，当年在一家经济类报纸编副刊，为了纪念一个自杀的诗人海子竟弄了整整一个大版，让总编很不爽。那总编对着大哥指手画脚，口沫横飞，叫大哥劈面一拳给灭了虚张声势的威风。自然，这事儿直接影响了大哥的生计，被停职了。他在家里过了一年纯粹写作的生活，并对自己说："在这样一个时代，写作不啻为一种疯狂！"渐渐地，大哥独自杀出了条血路，也培养了许多自己的怪癖。手下的很多兄弟们因为这些怪癖而离去，大哥感到孤独，但仍然强硬到底。

每天伏案的玻璃板下面，大哥弄了张头发乱七八糟的爱因斯坦像，旁边是老头那句著名的话：年轻时痛苦万分，到了成熟之年就会甘之若饴。

按黑帮片的铁律，一个成熟的大哥会慢慢成长为一个教父。只是，在这中间有多少路要走，谁也不知道。

遁入空门

张海龙

白温柔是白文荣的绰号，三十多岁的一个糙男人，这么多年来写过诗、卖过书、办过报，还当过公务员。

爱过、梦过、醉过，等他醒来时，发现脸上已经胡子拉碴了，心就老了，看淡了一切，就跑到青海一个小寺庙里当了挂单和尚。他的大名早已经无人记起，朋友们的酒局上，偶尔会有人忽然说起"白温柔如何如何了"之类的话，然后迅速淹没在猜拳行令的喧嚣声中。

白温柔的家在榆中县的一个山村里，他老早就往城里跑，想多挣点钱，别让人老看着自己是个农民。他是个文学青年，没上过什么学，书倒是杂七杂八地看了不少。他写了很多年的诗，朋友们广为传诵的就只有一句，是他写给某女孩的——"你是我一生中唯一的床"。喝醉酒的时候，大家就要白温柔交代他和那张"床"到底上过床没有，他也只是憨憨地笑着，打死也不说。看得出，那一会儿，他眼里有一种温柔的光。

在兰州，他通过笔友找到了一家书店打工，搬书，卖书，也看书。他在书店里住着，每天看书之余，都要盘腿于床上，打坐入定，领会佛法妙谛。他一心向佛有很多年了，手边总有那么几本佛经放着。他在精神上的追求挺高，物质生活一时也没法追求，整个形象就是那种乱七八糟的样子。一件白衬衣，他能硬生生地穿成没有颜色。一条裤子，膝盖那里永远鼓着两个大包，一看就知道经常蹲着。他有一条碎花布缝成的棉被，据说从来没有洗过，异味扑鼻。朋友中间有喝酒喝醉走不成路的，背回来往那床上一放，再盖上那被子，醉汉绝对迅速醒来，于是大家都叫那花被子为"醒酒被"。不知有谁建议让白温柔洗洗被子，他总是傻笑着说："盖习惯了，我也没觉着有啥不好啊。再说了，下次谁再醉了咋办？"

后来，书店的老板出车祸死了，加上经营状况不好，白温柔等员工被辞退。飞鸟各投林，白温柔不知怎么找到了区上的一家小报纸，去做副刊编辑。钱少，无处可去，直接睡在办公室里，床前面挡了一个柜子，算是隔出间小房子。有一天深夜，门房值班老头听见他在办公室高声诵佛。老头活了一辈子，从未见过这等神人，第二天就向领导打了报告，声称，不是他走就是我回。白温柔就这么又失去了这份工作。

消失了一段时间后，白温柔不知又从哪里冒了出来，告诉大家他现在青海一家寺庙里挂单。他是外来的和尚，一些小沙弥老欺侮他，他无计可施，只好用坚硬的胡碴去扎小沙弥的青嫩头皮。

他遁入空门，谁也不觉得奇怪。他就是做再奇怪的事，也没人吃惊。那天晚上，他住在一个叫"坦克"的朋友家里，还欣然观赏了为他特映的毛片。看起来，他早已平静如水，一脸无所谓的样子。这些年，他硬生生地把自己给活成了神话。

堵

闭 月

夜色阑珊,宿鸟呢喃,那条滞留在京藏高速公路上的车龙,依然盘旋在苍茫空旷的原野上。汽车司机们,有的蜷缩在驾驶室里,有的三五成群地盘坐在公路上、汽车旁,或是打盹儿,或是侃大山。公路旁到处都是矿泉水瓶、方便面盒、食品袋……这些垃圾在晚风的吹拂下,不时散发出一种怪异的气味。

两眼通红、一脸菜色的孙涛,紧紧地攥着手机,望着蛰伏在夜幕中的车队,在路边焦急地徘徊着。

妻子的短信依然不断地传来:"儿子醒了,他在找你,车开了吗……儿子又昏了过去,还堵着啊?儿子命在旦夕,你怎么还不回来呀?再不回来,你可就……"他时而看看手机,时而望望那一丝不动的车队,时而又发出一声声撕心裂肺的叹息,就像热锅上的蚂蚁。

"孙师傅,怎么样?孩子好点了吧?"邻近的一个司机,看到他那焦急的样子,关心地问。

"情况不好啊,唉!急死我了,我真恨不得长翅膀飞回去。"

"你别急,急也没用,当心急坏了身体。"

"唉!你说我能不急吗?那可是我的儿子呀!"

"是啊,我也理解你的心情,这车走不了谁不急啊,谁还没点事呀?"

"就是,都四天了,这不是要人命吗?"孙涛说着,转悠的速度就更快了。

就在这时,手机的短信再次传来,他立刻张开汗涔涔的手,打开一看,只见上面写道:"儿子他……"

他看到这条短信,忽然产生一种不祥的预感。于是他立刻拨通了妻子的电话,但妻子那边却没人接听,紧接着他又反复地拨打了好几遍,可是,依旧如此。那种不祥的感觉愈加强烈了。他急得险些哭出声来,情急之中,他一下想起了妻妹,因为他知道她和妻子在一起,便急忙拨了过去。

"明明他,他已经走了……他连眼睛都没闭啊,我姐也哭晕了……"

在他的一再追问下,电话里妻妹哽咽了半天,才说出了这个令人震惊的消息。

"天啊!儿子,我的儿子啊——"

听到了这个消息,孙涛那山一般高大的身躯,轰然坍塌在公路上,手机也滚落了老远。他呆愣了片刻,便又急切地在地上摸索着手机。他一边摸索着还一边在嘴里不停地叨念着:"儿子,儿子,我的儿子……"黑暗中的他就像一个发病的疯子,又像一只无头的苍蝇。

"怎么了?你儿子他怎么了?地上凉,快起来吧。"刚才那名司机见此情景便急忙跑过来,边搀扶他起来边问。

"手机,我的手机……"孙涛使劲甩开他的手,仍然在地上不停地摸索着……

等他摸到了手机,就用沾满尘土的手,哆哆嗦嗦地拨通了妻子的电话。

电话通了,电话里传来妻子那肝肠寸断的哭泣声,过了片刻,又传来妻子如泣如诉的责怨:"喂,你还打电话来干吗?晚了,一切都晚了……你知道他是多么想看到你呀……"这声音像一把利剑直刺孙涛的心肺,令他心如刀绞、苦不堪言。他张了张嘴,想安慰妻子几句,却一时不知道说什么才好。还没等他说话,妻子已经挂了电话。

"苍天啊!这车要堵到什么时候啊?!"

他颓然放下手机,仰望着群星闪烁的苍穹,情不自禁地发出这一歇斯底里的嚎叫后，便把自己重重地放倒在公路上。

孙涛是北京昆通达运输服务公司的一名司机，一周前去张家口运货，回来的途中被堵在了高速路上。刚堵车的时候，孙涛并没有介意，心想，反正自己车上的货又不怕耽搁时间，再说这路说不定一会儿就疏通了呢。于是，他便和其他的司机一样，一边闲扯，一边耐心地等待着。没想到这车一堵就是两天，第二天的中午他又接到了妻子的电话。妻子在电话里说："我今天早晨送儿子去幼儿园，由于路上堵车，怕孩子迟到，赶地铁的时候，就硬挤了上去，没想到我上了车，孩子却被人挤倒在地，摔伤了，住进了医院。"

孩子的伤被诊断是脑颅骨粉碎性骨折，很危险。家人希望他早点儿回去，可他却堵在这儿脱不开身。

这会儿，孙涛仰望着星空，仿佛又看见儿子那张娇憨的笑脸，泪水也模糊了视线。那天晚上，孙涛做了一个梦，梦见他去幼儿园接儿子。远远地，他就看见儿子从班里笑着向他跑来。他向儿子奔去，却被一群人堵住了去路，人越聚越多，不但遮住了他的视线，也堵住了他走近亲人的路……

谋 杀

闭 月

　　"小心点儿,可别掉下去噢!"初升的朝阳透过刚刚擦拭的玻璃窗,让家里显得格外洁净明亮。看着妻子抓着抹布在窗户上不停舞动的小手,他禁不住提醒说。

　　话音刚落,他手机的短信铃声就骤然响起,把他吓得一颤。他掏出手机看了看,又紧张地看了一眼妻子,便不安地在屋里来回踱了起来。片刻,他又深深地叹了口气,颓然地坐在沙发上,紧盯着正在擦窗户的妻子发呆。

　　妻子是个勤劳贤惠、酷爱洁净的女人。每个月第一个周末,给家里做大扫除、擦窗户已经成了她的生活规律。他们家是那种老式住宅楼,窗户框是木制的,每面窗分三扇,中间一扇是死的。妻子每次擦窗户的时候,都站在中间那扇的台子上,抓住窗框把身子探到外面去擦拭那些玻璃。他家住在四楼。每当看见妻子全神贯注地去擦那些玻璃的时候,他都感到非常紧张。他担心妻子抓不住,或是那些年久失修的窗框,承受不住妻子的重量,她会掉下去。所以他就经常这样提醒她。

　　每逢他说这句话的时候,妻子都会娇嗔地说:"去你的,不干活还制造紧张气氛,你才掉下去呢。"看着妻子不以为然的样子,他的心都揪成了一团。说句心里话,以前他是真担心妻子会有什么闪失,恨不能自己替她去擦。可现在却不一样,他说完这话,却产生了一种特别希望妻子能掉下去的想法。

为什么呢？因为他有外遇了，刚才那个短信就是情人发来的，而且他的情人正在逼他离婚。

自从他有了外遇以后，妻子每次擦窗户他都希望她能掉下去，甚至幻想出她真的掉下去的情景。他也曾为自己这种卑鄙的想法而感到惶愧和不安，因为她毕竟是自己同甘共苦的结发之妻啊。可他的情人现在越逼越紧，还经常以把他们的事闹到单位来威胁他。

其实他原来在单位只是一名普通的科员，如今由于他积极努力，已经提升为副科级了。而且，单位马上就要给他涨工资、换房。也就是说，他现在正是前途无量的时候。假如这时要闹出什么桃色新闻，那么他的大好前程可能会毁于一旦了。所以，他既不敢离婚，又怕情人无理取闹，只盼妻子真的能出点意外，好平息这场风波。

情人逼迫得越紧，他的这种想法就愈加强烈。他明白，假如现在这种窗户妻子都掉不下去的话，等他们换了新住宅楼以后，就更没戏了。可希望归希望，妻子每个月照旧泰然自若地擦窗户，就是掉不下去。以前他担心窗户不结实，现在他又恨那窗户太结实，急得他真恨不得把她推下去。

为了尽快达到目的，他挖空心思想了一个主意。趁妻子不在家的时候，用改锥把客厅中间的那个窗户框撬了撬，让它无法承受任何的重量。这样，妻子擦窗户掉下去就不再是幻想，而是迟早的事了。

于是，等到妻子再次擦玻璃的时候，为了避免有谋害妻子的嫌疑，他就借故躲了出去。为了尽快知道事情的结果，他没有走远，只是在家属院附近的公园里逛了一圈，又踅了回来。

果然不出所料，他刚到家属院的门口就听见传来一阵刺耳的救护车声。随即一辆救护车便呼啸而出，从他的身边疾驰而过。继而就听到许多围观的群众纷纷地议论着：院里出事了，有人坠楼了……是一个女人，从四楼掉下来了。

他听了心里一阵窃喜，为自己的计划成功而自鸣得意。为了证实一下那个女人是否真的是自己的妻子，他又拨通了她的手机。手机铃响了："喂，老公,不好了,出事了——"他听见对方说话竟然吓了一哆嗦。他本以为会没有人接呢,因为手机的主人,按照他的计划和猜测,现在应该已经躺在那个号叫的救护车里。

"你没事吧?我听说有人……"

"我没事老公,掉下去的是家政,我知道咱家的窗户年久失修,不太结实,所以你每次让我小心的时候我都特别害怕。为了安全,今天我就叫了家政来给咱擦玻璃,没想到还真的出事了,谢谢你的提醒啊,老公……"

听了这话,他久久待在那里,愕然无语。

幸福的蒲公英

朱耀华

蒲公英每天都会出现在医院门口。蒲公英出现的时候，常常就会有人说，看，那个傻女人来了。

蒲公英是一个傻女人，但她自己并不知道。五岁那年，蒲公英得了一场病，然后就傻了。傻了的蒲公英晃晃悠悠地长大了，长成了一个男人的妻子和两个孩子的母亲。

蒲公英手巧，她的手不像是一个傻女人的手。每天，蒲公英的胳膊上都挎着一个竹篮，竹篮里装满她的手工品——或者，干脆叫它们工艺品吧——那是蒲公英用竹篾编织的小玩意儿，鱼、蜻蜓、大公鸡，各种各样，拙朴，逼真。没有人知道蒲公英是哪里学来的这门手艺，也没有人能够理解，一个傻子怎能长出这么巧的一双手。

蒲公英的工艺品都是晚上编的，天亮了，她就拿到医院门口卖。价钱很便宜，一块两块，最贵的只有五块。那些小孩子们很喜欢，他们的心里很容易就被快乐填满。

蒲公英也很快乐，蒲公英的脸上随时挂着笑容。当然，在别人看来，全是傻笑。知道的人都说，蒲公英家里有一个瘫痪在床的丈夫，有两个不懂事的孩子，蒲公英，是个苦命的女人啊。但是，蒲公英是个傻子，她不知道这些。蒲公英的脸上除了傻笑，还是傻笑。

每天，蒲公英卖完她的工艺品，就在医院门口翻拣那些脏兮兮的垃圾桶。成群结队的苍蝇在她手下翩然起舞，有的还站在她的头上肩上，像歌星一样摇头晃脑地唱歌。有时，蒲公英还捡地上的烟头，把没有燃完的烟头含在嘴里，心满意足地吸上两口。

蒲公英的家在西门桥头，是一个破旧的土屋。雨天漏水，但晴天阳光明媚。蒲公英的两个孩子都在读书。一男一女，都挂着红领巾哩。人们偶尔见到她的丈夫。天气好的时候，他半躺在门前一个破旧的藤椅上，嘴里吆喝着没人听得懂的民歌，一边用刀剥弄那些篾条。这是粗活儿，是属于男人的活儿。蒲公英的屋前满是竹篾的幽香和中药的苦香。从春天到秋天，蒲公英的门前还开满了各种各样的菜花。

蒲公英一家的生活全部来自她那双手。那双手爬满了丝丝缕缕的血印，那是篾条留下的吻痕。过年过节，蒲公英还会在篾条上染上红色蓝色紫色，然后把彩色的篾条编织进去，编出各种花纹来，编出吉祥如意的字样来。

蒲公英的生意越来越好了，有时候每天可以多挣十块二十块钱哩。蒲公英脸上的傻笑就更傻了。冬天，蒲公英的手都冻成了胡萝卜，但她的脸上还是漾满傻笑。但是，有一段时间，蒲公英脸上的傻笑突然没有了。那段时间，一只受伤的鸟落在了蒲公英的土屋里。那只鸟不知遭遇了怎样的祸殃，它的左腿断了。它伤心地鸣叫，眼睛里蓄满绝望。蒲公英收留了那只鸟，她把鸟带到医院，希望医生能救救它。但是，医生轻描淡写地就把她打发了。后来，蒲公英在医院的垃圾桶里找到了纱布，小心翼翼地缠住了那只鸟的伤腿。

后来，那只鸟还是死了。

蒲公英的脸上黯淡了好久。好久之后，傻笑才重新回到她那张日渐苍老的脸上。

医院的旧楼拆了，盖了新楼。医院的新楼很漂亮，蒲公英很高兴，那栋楼是她亲眼看着建起来的。不过，医院再也不让蒲公英站在那个门口卖东西了，显然，他们认为蒲公英影响了医院的形象。一个保安看见她过来，就气势汹汹地瞪着她。蒲公英很怕那种眼神，那种眼神让她感到寒冷。蒲公英只好走远一点儿，走到拐角的那边去。

有一天，人们听到了一个爆炸性的新闻，蒲公英的儿子考上了大学。

这是真的。

从那以后，蒲公英笑得更傻了，时常从嘴角挂下一缕口水来。蒲公英的女儿也学会了手工，每天跟着她出外叫卖。蒲公英的女儿编得比蒲公英的更好看更精巧，越来越像真正的工艺品了。蒲公英的女儿不像蒲公英那样傻笑，她时常沉思着，眉宇间凝结着忧愁。有一次，我在她那里买了两个工艺品，一个是小白兔，还有一个也是小白兔。我问她："你多大了？"

"十五。"她说。

"你为什么不读书呢？"

"我要挣钱，我要供哥哥读大学。"她低下头去，"我还要给爸爸妈妈治病。"

看她满脸稚气，我心里像被小白兔撞了一下，又撞了一下。

祝福我的表哥

朱耀华

听说表哥来了广州，我急了，我知道表哥来广州不为别的，是为了跳桥。这可了不得啊，跳桥是大事，要影响交通，搞不好还要出人命。我必须拦住他。

表哥来跳桥的原因很简单，他的酒楼被当地镇政府吃垮了，打了一大堆白条。几任镇长下来，全成了呆账。表哥资金链严重紧张，欠了服务员工资，整天被人家追着要，酒楼也开不下去了。这两年，表哥天天跑镇政府，腿跑断了，钱还是没有着落，所以，表哥想到了这种极端方式。至于他千里迢迢跑来广州，是因为受了电视的启示。表哥说，广州大，车多人多，交通一堵，记者一采访，领导一重视，什么问题都解决了。

这些话，是表嫂在电话里告诉我的。

我问："他是真跳还是假跳？"

表嫂焦急地说："不知道啊，他也没和我商量。你知道，他这个人容易冲动，加上欠这么多账，天天有人上门，家也不成个家了。"

我说："嫂子你放心，我一定找到他，不让他跳。"

可是，人海茫茫，我到哪里去找表哥呢？

我给认识的老乡都打了电话，没有表哥的消息。从时间上推算，表哥应该已经到了广州，他的手机一直处于无人接听状态。我打了好多次，一次也没有回。我知道，表哥犟，一旦他拿定主意，十头牛也拉不回来。到了这个时候，我才觉得人真的很渺小，渺小到连自己的表哥都找不到。我悲哀。我无可奈何。我知道，表哥一定在我生活的这座城市的某个角落，我希望这座城市的美丽和温情能够打动他，令他回心转意。

一天过去了，没有听到表哥的消息。我提心吊胆地过了一个不眠之夜，终于，第二天上午，令我担心的消息在电视上出现了：一个中年男子站在了海风桥上。

不错，正是表哥。

表哥站在海风桥上，不知道他是怎么偷偷爬上去的，几个看桥的人都没有看住他。一个人有备而来，你是没有办法的。表哥站在桥上，从他的胸前垂下一条横幅，上面写着五个大字：还我血汗钱。

我心急火燎。由于交通堵塞，我赶到海风桥时，已经是一个小时以后了。那时，表哥还在桥上，桥下有很多警察和消防队员。有人靠近表哥，在对他进行劝说。表哥一边说着什么，一边情绪激动地打着手势。

我对警察说："桥上的是我表哥，我去劝劝他。"警察核实了我的身份，同意了。警察拍拍我的肩说："注意安全，慢点儿。"

我向上爬去。表哥看到了我，对我喊："华弟，你别上来。你上来也没用。"

我爬到一半，向下一看，头上就起了虚汗。我太佩服表哥了，在我的印象中，表哥一向胆小如鼠，他敢爬这么高，一定是无路可走了。我定定神，继续向上爬，边爬边喊："表哥，你等我，我跟你一起跳。"

终于，表哥妥协了。为了我，他决定不跳了。

表哥脚一落地，就被警察拉住了，记者也包围了他。表哥对记者吐了一大堆苦水。记者问："你家乡那么远，为什么要跑到广州来跳桥？"

"慕名而来，慕名而来。"表哥诚恳地说，然后一脸愤然，"家乡的桥我也跳过，跳过两次。没效果啊！"

表哥被警车带走了。两天之后，我才又见到了表哥。表哥一见我，就连声数落起来:"表弟呀,危险啊。那么高的桥,那天你往上爬,我都替你捏了一把汗。你不比我,你胖,又笨,真的摔下来怎么办啊?"

我生气地说:"还不是为了你? 万一你跳了,你家里人怎么办?"

表哥搔着头:"我也是没办法。"

我留表哥在广州玩几天,但表哥没有留下来,因为镇里派人接他来了,还来了专车。他们说了些什么我不知道,反正表哥明显轻松了下来,当天就跟着走了。临走时,我语重心长地对表哥说:"再不能干傻事了,回去好好过日子,不要给政府添麻烦,啊。"

镇干部也说:"要相信政府,什么问题都是可以解决的。"

表哥点着头,两行泪水从他的眼里滑落下来。

我为什么害羞

刘　玲

　　我只在左手的大拇指上涂指甲油,左手比较隐蔽,不常出来指点,即使亮相,大拇指微微一弯,带色的指甲就隐在了食指下。我的指甲很饱满,色泽温润,形状也好,涂任何颜色都很灵动。我常在内心悄悄戏称,我的这枚指甲就像我心底最纯净的一滴眼泪。

　　问我要工钱的农民工局促地坐在沙发上,脚尖相对,好像欠钱的是他,而不是我这个说话不算话的法人代表。我无法再用任何讨巧的语言解释自己一而再再而三的食言,我站起来说,你跟我一起去吧,去要钱。

　　我已经不在乎他将看到我诌媚的一面。

　　我坐在领导的接待室等,那民工蹲在走廊的墙根。是他坚持这样,他说,这样可以帮我看进出领导办公室的情况。

　　我左手的大拇指,今天涂的是油黑的蔻丹,晶莹透亮的黑。此时,我的左手捏着要钱的请示报告,黑色的指甲就附在这份请示下角的印章上、在印章中心的位置,相互映衬,如同一只涂着红眼影的眼眶含着一颗不谙世事的眼睛。

　　每次来要钱,我都羞涩得如同做了错事的孩子,仿佛欠农民工的钱是我的主意,说到最后,自己的头都快低到领导的桌子底下了。

　　我突然有种感觉,今天还是达不到目的,你看我的这枚黑指甲多么惊艳,多么华丽,在光影下细密地闪耀着纵列的细小光芒,凛冽而铿锵。我想,被领导看到手指甲,我一定会更感羞涩,带着这样的指甲哪里像是有所求?简直是带着一把利器。

于是,我动手用钥匙圈上的指甲刀剐蹭这无辜的眼睛,一刀下去,露出一道指甲的本色,像黑色的眸子流了眼泪,一滴晶莹的泪。

农民工在接电话,那身上沾满泥浆的男人用轻松的语气告诉远方的孩子,中秋回家,礼物很丰盛,领到钱了。

我突然很赌气,我这么害羞是为什么?我不过是涂了一个指甲,涂了一个指甲的女人带着几十个出苦力的汉子回家的热望,我涂了一个指甲,能说明什么?虽然没人谴责我的指甲,我突然就这么赌气。

领导的门开了,我右手抓起黑色的水笔,我曾多次幻想领导看过我的请示后,点一下头,我就会赶紧递上这只出水流利的笔,让领导签下大名。

就在领导的门即将关上的那一刻,我迅速把笔尖放在有刮痕的指甲上,上下勾画,只几下就圆满了我的黑指甲。

我走向领导办公桌的时候,又扫了一眼我的指甲,是的,我的指甲,低调中尽显奢华……

我的书,肯定要送给心灵相通的人,我常幻想懂我的人读我的文字时,那些文字就变成了跳动的音符被读着的人吟唱。最初只有十本,我当然会精简出十个人,至少那是不会伤害我的十个人,无论我写得多么拙劣,甚至不设防地爆料隐私,他们都不会拿这些做谈资,我们做的是一件交换心灵的事情。

大哥开车过来的时候,我抱着书站在最亮的一盏路灯下。玫红的书面泛着温和的光泽,顺手一翻,有淡淡的纸香和墨香。我扬起来示意,书,就像一面俏丽的小旗。大哥一路鸣笛,以示开心祝贺。

这中间有一个向我讨书的女人,只是听说我的书里写到了初恋的亮子,还有其他我生活中出现过的男人,而难以抑制亢奋很想一窥。她讨的时候,带着阴郁的笑和求证的急迫。我其实特别不在乎别人知道这些,任是谁我都不在乎,我在写的时候没有列出需要回避的名单。但让我自己拿出来送到这人眼里,我当下没有心情。

大哥下来拿书,欢快地打了一个帅气的响指,我们准备简单地搞一个交接仪式,因为大哥真的给我带来了我讨要的奶茶。

这时候,那个女人竟然碰到了我。我条件反射把书面朝里抱在了胸前,双臂紧紧抱着,使她看不到背面的红色腰封,使她认不得是我的书。

她看不到文章里表述的那些男人,看到了真实版的街头约会当然更是兴奋。我和大哥在她猥琐的探究的眼神里,分站两边,一时竟无措。这女人还是忍不住说起我的书,看不到就当面来问,问我是不是书里写到了初恋的亮子以及其他。

我感觉自己很猥琐。大哥和我对视的时候,我们的眼神竟然都很猥琐,如同我们即将交接的不是一本书,而是我们偷情的私生子。这样想的时候,我把书反过来,这本三百页谈得上厚重在清冷的秋夜玫红色封面很是媚人的书,我大方地给了大哥,换了自己要的奶茶。

…………

当我在浴池裸身面对一个五岁的孩子,一个五岁智障男孩的时候,我彻彻底底感到了自己的鄙俗。这个时候的我,最应该羞愧。

我的身材还算好,裸身洗浴,无论面对多少人,都很自如,但此时,面对这孩子清澈的眼、干净的身,我感觉自己身相丑陋,无法示人。我用窄小的毛巾遮挡着自己,一步步想退出他的视线。

他认出我来了,他奋力踢踏着笨重的拖鞋到跟前喊我,喊出来的阿姨还像上学期在我的幼儿园时那样,混沌不清,因为喊得卖力,口眼有点喎斜。我看到他,很是心惊,这个孩子我真的不想看到,他触动了我内心深藏的不安——我默许老师一次次向家长建议这孩子转园,因为这个孩子太伤神了。

因为智障,无论什么时段,他只会喊早上好,自己的加餐被小朋友碰掉也不会告状,但是他笨重,上不去床、脱不掉鞋,他尿床他摔跤他打翻饭碗他总想跨过栏杆,心惊肉跳中,我们不想承认他憨厚的笑其实是那样可爱。

他退园那天，我站在办公室，透过窗前美丽的樱花，看到了他落寞的小小身影。在走出校园的那一刻，他回头一望，那干净的目光突然刺痛了我，我忍着没有哭。

上帝一定要安排这次重逢，彼此裸身面对的这次重逢。他的小身子光洁挺立，圆滚滚的胳膊腿儿像勃勃生长的藕节。面对他，面对这个毫无性意识的五岁男孩，我心生羞愧。我其实有赘肉，我有小腹下隐藏的刀疤，我的臀部有一块心形的胎记……我感觉自己丑陋无比。

他跟在我的身后一声声喊，他替我看护我洗澡的篮子，他一一告诉家人我是他的园长阿姨，我从这个莲蓬下跑到那个莲蓬下躲避他。在他被妈妈强行抱走，拉扯他的小身子的时候，他突然大喊："阿姨，我还想去咱们的幼儿园，幼儿园有小木马。"

我泪腺开闸，在水花下无声饮泣。

女人的花房

刘 玲

我想，这条街上的人都认识我。我每天都是以这样的状态在走，比较单一，衣着、步伐、眼神都是单一的，穿着上班见人的衣服，迈着不急不缓的步子，眼神一丝不乱，大多直视前方，有时游离在空气之外，因为彼此认识要说话的人太多了。

从我家的老式楼出来，拐角第一家是粮油店，途经文具店、内衣店、裁缝店、五金店、油漆店、大小超市几家，走到西街，也就是这条路的尽头，到我的学校。

我一天要在这条街上走上两个来回，情况特殊的话，还会多走几次。我和他们最亲近的动作，就是给打羽毛球的人捡球——正好落在我的脚边，我就弯腰帮着捡了。我的耳朵里永远戴着耳机，永远听着沙宝亮的那首歌——不是我除此没有喜欢的，而是，我实在不想费力把内存卡抠出来再去下载，我的手机数据线丢了。

这条路上，有两家特殊的店，用一个词很难形容，灯红酒绿的店？但是很简陋，小到大概只有一间房子。纸醉金迷的店？但是价格很低，对于女人的身体来讲，那是很轻贱的数字。钱色交易的店？这女人哪里还有姿色。我是不忍心叫荒淫的店，总之，就是那样的店，女人经营的店，大家粗俗地叫作鸡店。

这几天，女儿迷上了店门口的千层油饼，于是我每天傍晚去买。与平时不同，我穿着有油星的宽大衣服，两手袖在腰上，脚上是大棉拖，发梢飘着烟火的油腻。凭着如此扮相，我就敢大胆地去看那店。

我平时不敢太去看，内心也是有怕惊到那两个女人的忧心，同时我得体的衣服下还藏着不值钱的高傲。我急匆匆地夹着透明的文件袋，里边有时放着一沓文件，有时会是一个很重要人物的批示，我觉得我还是装着不看这些店为好。

其中一家门面的掩体是"古董店"三个字。我想这家主人真是聪明，那个盘着高高发髻、穿着凸显肚腩的紧身衣的女人很聪明。她每天搬着一把高脚凳，掉胯坐着，有时就干脆叉着腿对着大路。其实不是电影电视上演的那样，挑食指抛媚眼什么的，就是那么坐着。说她聪明，是因为她用"古董店"欲盖弥彰，这小城里想看古董的能有几个，所以她不用跟真看古董的人费口舌。

对面那家等客时就不会比她清净，她开理发店。自然不理发，所以，她一天还要打发掉几个真心理发的男人或者女人。遇到"不谙世事"的，还要追着问，甚至吵为什么不理发。我就看到过那个栗色头发、爱穿短裙子的女子给出不理发的理由是停水，就有刨根问底的老公公用自己的茶杯接了水出来，问这是什么？

我想那古董店或者理发店的前半间大概放置了虚假的家什，然后有一个隔板，隔板后是一张床，或者仅是床板，我没办法克制自己想到的是这样的场景——那样的价钱，女人们是一张舒服的床都不会给他们的。

我曾经想，开这样店的女人大抵是外地的，原本生活在离我们很远的地方，说一口难懂的不知哪个语系的软的或者硬的方言，背后有几口难养的家人，或者一桩碎掉的姻缘，才使她们在这里。

但是，却不是这样。

她们都说本地话。我最近距离地听到，是古董店那个女人问我，这饼好不好吃？孩子是不是都喜欢吃？然后买了，用塑料袋拎着，叫马路那边的孩子过来吃。她和孩子在前厅支了张桌子,铺开油饼,又拿了豆浆喝。很快吃完,就打发孩子回乡下了。

我总是幻想,这样的店里也是有温情的故事上演,我仿若心怀宽厚,盼望最后都会有一个从良的故事。

那个短裙子的女人有些烈性,我看过她撵人出来,但不是真的撵,夸张的脂粉下,一双眼带着嗔怒。那男人就匆匆走了。可巧第二天我又看到那男人在屋檐下徘徊,一下下叩着门。我想,这店里也该是有情义的。那男人,是动了情的。

我有一天看到一个奇怪的场景,是两家店的女人站在一起说话。她们站着的时候,就像两个普通的女人,两个刚刚打发了孩子去上学的女人。我想,她们在一起,应该是要说说最近的行情,我甚至肮脏地想,交流一下一起抬个价也未尝不可。说这些的时候,应该是带着风骚,最不济也要带着风情吧。但是没有。她们的表情,不是那样。

我觉得自己很阴险,我在暗暗地注意她们。

我发现理发店的女人晒了一张床单出来,她的床单并不像那种地方的床单,我想象中简陋床板上的床单。床板上只配铺一条暗色的或者条纹的起皱磨白的那种床单吧。但是,她的床单是很明亮的湖蓝色,舒服的棉布料,就像我们居家的那种。洗得干干净净,我看了几眼,很大面积地看,眼睛一下一下扫过去。没看到一点污渍。我为自己的卑劣羞赧了一路,我的表情在那一天,不是如常的单一,因为羞赧。

古董店门口,按说应该挂一张蹩脚画,或者就是外圆内方的钱币造型。但是因为这是一家那种店,大可什么都不挂。但是,那体型像糖葫芦一样的女人挂了一株绿萝在外墙上,竟给人一种挣扎中的清新之感。它轻巧地吊在帘子旁边,肥实的叶子一片片都被擦洗过了,连吊花盆的绳子都是彩色的,能看出精细的手工。

这条街大多数人认识我的原因,可能缘于我的工作使我常常和他们有交集,看起来不相干,其实要常常搭讪,我们要到文具店给孩子们订画画的彩笔,要到超市给生病的老师买礼物,教室里的饰物吊高需要借五金店的梯子,过节了孩子们的舞蹈服装那是要唤来裁缝店伙计给量体缝制的。

油漆店老板给我们送外墙漆的时候,我看到他手里一袋袋都是调制好的斑斓的彩虹色油漆,勾兑过稀料的油漆在塑料袋里热带鱼一样游荡,连那油漆味都在诱人。我突然就更想做这些小商贩,开着一家店,等着需要的人上门给自己送钱。比起我的工作,这要美好多少。

当然,我任是怎样也不会想去做一家那样的店。但是我用一种很自然的、宽厚的目光注视,注视人们嘴里诅咒的那种店。

我看到过节的时候,她们也收拾了衣服,大概还有少量细软回家,提着大包,有时还会拉着箱包,兴高采烈地去找车。有一次,那个穿短裙子的女人在节日被那个男人骑摩托车载走了。女人偏坐着,腿上放着自己的包裹,两人说笑着,在小街上穿游走了。也是那天,绿萝被糖葫芦女人忘记了,她要急着回去看上学的儿子,锁上门走了几步,又回来把那吊盆拿进去。

我是比较喜欢跟别人不一样,大家叫鸡店,我想了想,我更愿意叫女人的花房。是的,她们已经存在了,存在的这些日子就叫女人的花房。

好日子，坏日子

常聪慧

好日子时她想起风，坏日子时她想起雾。风带给她轻舞飞扬的感觉，雾让她有被包围起来的温暖。所以她总也拿不定主意到底是风好过雾，还是雾好过风。

风是大学同学，雾是一家私企职员。

有时候好日子多，有时候坏日子多，好日子时她想风，坏日子时她想雾。风在大学毕业那年飞向南方。雾在认识她之前，在一个下着毛毛雨的秋天娶了他的新娘。

风刚到远方时不免想家，就打电话，发短信，也不说什么，有时候手机铃声响两下就断了，她翻翻未接电话是风，也不回，下次等它多响两声时再接。她与风就这么牵扯着。

雾娶的新娘是某部门高管，很精干，又有品位，所以总能挑剔出雾的不足。时间久了，雾挺烦恼，烦恼久了忍不住就向她诉说。她就边呷茶边听，不评论不总结，安静得像墙上的蒙娜丽莎。有一天，雾喝多了，说："如果当初娶的是你多好。"她飞快地瞥他一眼，答："那也不过是红玫瑰与白玫瑰、明月光与蚊子血的关系。""哈，你真是张爱玲的知己。"雾笑了，泛着微微醉意的目光雾蒙蒙的。

风飞得久了，就累了，累了就不再往遥远的北方传递消息。深秋到的时候,树上的叶子几乎一夜落尽,铺在地上是很绚烂的街景。她想,这时候风可能很甜蜜很安宁地坐在街心公园的长凳上,怀里依着一个长发女孩儿。风偏爱留长发的女孩。第二天,她把头发剪短了。

"你是不是还在等他?"雾疑惑地望向她的短发。

"我谁也没等。"她睃他一眼。

冬天转眼即来,坏天气多得胜过好天气,不太糟糕的天气总是起雾。雾气里凝着水凝着烟,不轻也不重,包裹在身上像是有又像是没有,比有少一些,比没有多一些,像是有着隔阂其实又是一个整体。

雾来得勤了,常找她说话。雾说他恋爱了,回到了二十岁,其实他现在离二十岁也没多远。他说在"里面"待久了,一天就好比十年。"里面",她懂是哪里。

有雾的时光挺好,容易让人忘记起风的日子,早晨起床打开电视,一夜未休的节目欢快地一跃而出,多有活力啊。拿着小锅,穿过空气清冽的街道,穿过两旁高大的梧桐树,带回新鲜的豆浆油条时,衣角还留有室内的微温。

她开始喜欢有雾的天气,安全、神秘,与心灵有关。这让她想起小时候姥姥家的大炕,和从姥姥梦呓的嘴里流出陪她一夜一夜长大的神话故事。有雾的时候她就想睡觉,即便是醒着也和做梦一样。

雾是极容易蛊惑人心的东西。

可雾又确实是没有实质形体的物质,淡时更进一步是浓,浓极更进一步就成了黑夜。黑的夜里看不到雾,也看不到自己,连影子都跑得远远了,然后就又是"淡"。她开始怀疑雾也只是听说"人淡如菊"这个词而已,所谓"人淡如菊",是无可奈何的争取,被压抑的激烈,骨头里刺着针的微笑。

雾被她质问得低头不语。

过元旦的时候,天空蓝得出奇,这似乎给大家一个假象:冬天已经过去,春天提前来临。这一天,无风又无雾。或者浓烈的风与雾只不过在她心里存在过,因为加了人为的感想,所以风起,或者雾现,或者好日子,或者坏日子。

其实日子的本来面目就是不好也不坏,对不对?

天上人参

陈柳金

我喜欢玩麻雀,就是大伙儿说的筑长城。马三揶揄我:"脑子里尽想着鸟事,麻将咋就变成了麻雀? 想叼走我们的钞票啊!"

刚好我摸到了一个花鸟,我说:"咋不是麻雀,不像吗? 哈哈,和了!"一张张钞票飞进了我的口袋,简直要像麻雀"嗖"一声刺破蓝天。

按规矩,赢的请客。马三提议,吃雀! 我说:"尽想着鸟事,想倒回旧社会啊!"马三扮个鬼脸,是禾花雀,对鸟事有大益,一雀抵三鸡,天上人参!

大伙儿心里痒痒的,我心里却在隐隐作痛,一雀抵三鸡,两雀抵六鸡,三雀抵九鸡,那得吃掉我多少只鸡啊!

但我还是跟他们进了酒店。转眼间,一盘清蒸雀就上来了。成为盘中餐的雀一点也不像雀,滑溜溜的身子顶着个圆溜溜的小脑袋,两只脚爪光溜溜地抻着,倒像刚出生的婴儿。大伙伸手一抓就进了嘴,我呆坐着,像一个伟大的母亲看着自己的婴儿被人抢夺,眼睛里闪着悲凄的泪花。

马三说:"咋不吃,一雀抵三鸡啊,再不吃就没了!"我眼球闪了一下:"吃,咋不吃呢,别心疼钱,一雀抵三鸡,天上人参!"

我闭着眼把一个"婴儿"送进了嘴,乖乖,舌头差点翻跟斗了,香、酥、脆、鲜、嫩,连骨头都可嚼着吃。

我吃第二个时,眼球有了一种神力,禾花雀变成五庄观里的人参果。

吃第三个时，眼睛射出一束饕餮兽的目光。

清蒸雀眨眼间就被吃完了，马三又叫了一盘烧烤雀，接着又上了一盘铁板雀，最后上了一锅壮阳雀饭。

柜台前，接过账单一看，一千六百元！我说："小姐，麻烦你再算一遍。"柜台小姐说："一只四十元，总共吃了四十只！"

我忍痛付了钱，额上冒出豆大的汗珠。马三说："这么快就见效，浑身都热乎，兄弟带你去凉快凉快！"

这个马三，就爱把日子玩得风生水起。我们很快闪进了"天上人间"，马三打了个响指，给我来四个织女！

四个牛郎被织女引进了四个闺房。临进门时，马三给我扮了个鬼脸，这些妾不比刚才的雀便宜，一个五百！我心动了一下，感觉天平摆正了。

"大哥，喝点什么？"织女的声音钻进了我的肺腑和骨髓，浑身软酥酥的。啥都能喝。我听到自己的声音有点像太监。

在她点饮料时，我走进里间察看地形，惊奇地发现了一个小鸟笼，一只禾花雀在欢快地蹦跳，用清脆的鸣声跟我打招呼。

我轻轻地吹了声口哨，算是还礼。"你喜欢这只鸟吗？"织女飘到我面前。"像你一样，挺可爱的！"我觉得这句话有一语双雕之效。

正在等她还礼时，想不到她说："你觉得它可爱吗？就像我，想飞却飞不出去！我们是同一笼子里的鸟，可怜而不可爱！"

我怔了一下，说："每个人都是不自由的，真正自由的只有天上的飞鸟！"我的话还是遭到了反对。"飞鸟也不自由，就像这只禾花雀，本来在天空飞得好好的，有一天它落到地上觅食，一不小心就撞上了早已布好的网。"

"幸运的是，它遇到了你，才没有成为盘中餐。"我顺着她的话往下说。她很动情，在菜市看到它可怜，就偷偷把它带了回来，改明儿把它放回蓝天。但是，每天都有很多捕鸟人在芦苇丛中挂起一张张大网，用竹竿驱赶藏身其中的禾花雀，看它们蹿飞时在网前放一串鞭炮，禾花雀就全撞到了网上。一次能捕几百上千只，一个少说也能卖四五块钱！

"想知道我是怎么走进'天上人间'这只笼子的吗？我父亲逮禾花雀赚了不少钱，却因进赌场欠下巨债。兼营'天上人间'的债主把刀架在我爸脖子上，我撞开房门大嚷，他们看我长得俊，就威逼我到'天上人间'抵债。"

我忽然觉得胃里有很多禾花雀在乱撞，想拼命飞出去，却找不到出口。额头又冒出一颗颗豆大的汗珠，她递给我一杯咖啡，用纸巾轻轻帮我擦拭，说："看把你紧张的，我们开始吧！"

我说："不了。"说完像一只禾花雀"嗖"地飞出了"天上人间"。

后来，马三他们又找我玩麻雀。这次，是马三摸到一个花鸟和了，我们的钞票飞进了他的口袋。他扮了个鬼脸："兄弟们，走，去吃天上人参！"

我的胃里立马就有很多禾花雀在乱撞，忽然"哗啦"呕了一地酸水……

从我窗前经过的人

连俊超

胡安从镇子的西边走了过来。

"天就要黑了。"我和几个同伴齐声说。

他的走来遮住了刺眼的霞光，整个夕阳都被他挡在身后。太阳对大地最后的眷恋的目光、对我们依依惜别的深情抚摩被胡安沉重冰冷的身影无情地回绝了，它悄然无声地闭上那似乎是滴血的眼睛，渐渐沉入夜的冷宫。

我们以羡慕崇拜的目光望着向我们走来的胡安，通红的霞光使他在我们的印象中仿佛来自另一个世界。我们甚至希望胡安一直都向我们走来，永远不要到达我们身边。

"天就要黑了！"他对我们说，"所以我就走回来了。"

他说完这句话就要教训我们一番，让我们不要再学他说话。那是他自己的话，我们的重复会让他心脏疼痛。

我们望着他在夕阳下渐渐走进街道深处的古铜色背影。他在一栋六层的楼房前停下，从腰间取出一捆绳子，将带铁钩的一端在空中甩了两圈，精确地击中了四楼的窗户。我们远远地听到玻璃破碎的声音，也许我们长久地注视着胡安就是为了听到这一声令人激动的破碎声。

被打破的窗户里传来了骂声。胡安的母亲骂骂咧咧地打开窗户，伸出了她肥硕的脑袋。她看见了那个正在拉着绳子往上攀爬的年轻人，立即火冒三丈,返回窗内拿了不少线团之类的杂物阻击这个攀爬者。可这门行当对胡安是轻车熟路,他的躲闪技术精湛,而且他对叫骂的回答也很精当:"我已经把玻璃打破了,要是不让我爬上去,这块玻璃岂不是白白碎掉了?"

当我们走进胡安不久前刚攀爬过的那栋楼的楼道时,我们总会听到整个楼道响彻胡安母亲粗狂的吼叫声。

我们觉得胡安会无可忍耐地夺门而出。而事实上,胡安不可能从那扇门中走出来,他甚至不会伸手去碰那扇门。因为他从来不会也始终不愿从一扇门里进进出出。他更不会把脚踩踏到那一级级的台阶上,以正常人的方式走出楼道。这简直是拿他的生命开玩笑。胡安的父亲当时半躺在一张已经磨成像焦糊的油饼一样的竹编躺椅上一语不发,像早已死去的人一样干巴巴地毫无生气地望着苍白的单调的天花板,或是干脆闭上眼。

胡安对楼梯的深恶痛绝完全是因为我们这些正常的庸俗的人们整天走在上面。起初,他开着一辆摩托车穿行在城镇的大街小巷,收发别人的信件。可一天他发了烧,那次发烧使他在家里待了两天。他离开喧闹的人群,在寂静的房屋里,出神地望着窗外喧嚣的街道。

那时父亲说了一句话:"你不能跟别人一样。"胡安诧异地望着父亲干裂松动的嘴唇,父亲又开口说:"你跟别人一样就等于死了,你母亲就已经死了。"这是父亲沉默多年来第一次开口,胡安觉得父亲说出了自己的想法。

每天清晨七点钟左右,我们坐在桌旁吃饭时会看到胡安拉着绳子潇洒地从我们的窗前滑过,并且在转眼即逝的瞬间朝我们摆一下手。那时我一定要丢下早餐奔到窗前,看着胡安麻利地收起绳子,朝大街上走去。他朝镇子的另一头走去,兜一个大圈子,到傍晚时才绕回来。

楼下的人们向胡安的母亲抱怨说,从他们窗前经过的胡安扰乱了他们的生活。而他母亲也早已对他越窗出行感到不耐烦,有一天,她用木板把那窗户封了起来。

因此,那天傍晚胡安朝窗户抛去铁钩时,总是被木板挡回来。最后他奋力将铁钩抛到了楼顶,当他爬到自家的窗口时,那些冷淡无情的木板使他黯然神伤。他离开窗台,爬上了楼顶,在残阳的斜照中坐在边沿上,用铁钩敲打自家那个被木板封死的窗户。他的父亲躺在椅子里,耐心地听着这种同样极具耐性的敲打。母亲则蒙头躺进被窝里去了,她相信,只要不去搭理他,他总会失去耐心,像以前那样从门口走进来。可胡安面无表情地坐在那里,他宁死也不肯从门口走进去。铁钩的敲打只有一种节奏,就像是荡来荡去的钟摆一样冰冷而机械,针锥一样扎在她的耳膜上。她终于忍无可忍地扔掉被子和枕头,气冲冲地拎着一把斧头奔到胡安的房间,用那把利斧毁掉了自己整个白天的心血。她还曾试图用一个漂亮的姑娘来改变胡安怪异的出行方式,可当那位来访的姑娘起身离开的时候,胡安竟然把她请到了窗前。他的母亲在盛怒与绝望中请人用铁皮封堵了那个窗口,可胡安自己用电锯解决了问题。

胡安和我们一样用腿走路用嘴吃饭,可他永远不会容许自己走上我们走过的台阶。他似乎要以这样的方式度过一生,而这是与众不同的人生。我甚至想象当他一把白胡子的时候,仍然能够身手敏捷地在绳子上爬上爬下。

可是,在一个平常的早晨,我看见胡安从我们的窗前经过。这次他没有向我们打招呼,因为他落下得太快了,他的铁钩几乎和他一同从窗前经过。我奔到窗口,看见胡安静静地躺在楼下,像是安详地躺在一朵玫瑰的花蕊中。

那时我听到父亲在读一则新闻,新闻说一个人由于家庭纠纷于昨夜跳窗死去。

我想,如果胡安得知了这条消息,他一定伤心至极。

结婚·离婚

崔 立

赵天涯最近挺犯愁的。

愁什么？还不是为那些无休无止的份子钱发愁啊。

受经济危机影响，赵天涯和老婆刘美丽单位的效益都不怎么乐观，每个月只能发部分的工资，这样的日子已经持续很长一段时间了。

可份子钱又不能不给啊。赵天涯单位的，刘美丽单位的，还有赵天涯、刘美丽结婚时那些给过礼金的同学或是朋友们，这钱，可都要给啊。

刘美丽不停地在抱怨，抱怨这礼金涨得也太厉害了，想想三年前，她和赵天涯结婚时，才那么点。而现在，足足翻了一倍。而且，这段时间结婚的人又偏偏那么多，这钱，真不够花啊。刘美丽忍不住就斥责赵天涯，说赵天涯无能，不能赚大钱，跟着赵天涯，她刘美丽算是倒了八辈子的霉了。

赵天涯也只有苦笑，苦笑着坐在沙发上，一根接一根地抽着烟，直抽得赵天涯一脸的憔悴，抽得房间里烟雾萦绕。

赵天涯也想辙啊，可怎么想都发觉是绝路。

赵天涯想到了前段时间老李家乔迁，整个科室里的同事们都随了礼，老李把礼金收得喜笑颜开，满面春风。要不自己也搬家试试？想想赵天涯就摇头了，目前家里没钱，现在住的这套破房子也没法改善到好房子去。这想乔迁，也没钱搬啊。

赵天涯又想到了丧葬,上个月小周家老头子过世,差不多整个公司的人都随了礼,等着随礼的同事们排了很长的队伍,忙得小周连汗都来不及抹。可赵天涯很快又摇头了,赵天涯的爸妈和刘美丽的爸妈都身体好着呢,爷爷奶奶辈又早就不在了。看来这丧葬,也是没可能的。

可又不能坐以待毙啊。

赵天涯闷闷地就出了门,出门沿着小区门口的马路转了一圈又一圈,转了老半天,就灰着一张脸回了家。

这样的日子,可真不好过。

可有一天,赵天涯回家时,却是微笑着的,并且微笑着递给刘美丽一封请帖。请帖上写的是黄大宝下个月结婚,邀请赵天涯、刘美丽届时参加。刘美丽忍不住一敲赵天涯的脑袋,你傻啊,又要付礼金了,你傻笑啥呢?

刘美丽又一想,不对啊,这黄大宝不是结过婚了吗?咋又结一次呢?

赵天涯微笑地看着刘美丽,说,我和杜长江也说好了,先离婚,再结婚。说着,赵天涯还指了指请帖上复婚的那个女人的名字,这不是以前那位吗?杜长江是赵天涯的一个哥们儿,两个人都在同一个公司上班,经济窘况和赵天涯家是一样的。

然后,刘美丽就看到赵天涯眼中的意味。

赵天涯说:"我们先假装离婚,过段时间再复婚,这样,就可以有理由收礼金了。"

赵天涯还说:"杜长江今天就和他老婆商量好了,他们明天一早就去领离婚证了。我们也抓紧办吧。"

刘美丽有些不认识似的看了看赵天涯。

刘美丽不肯,刘美丽说什么也不肯,刘美丽说:"这样做是不是很不地道呢?"

赵天涯狠狠地瞪了刘美丽一眼,然后重重地甩门而去。

一切就像赵天涯估计的一样,第二天,杜长江果真就离了婚,离婚后的杜长江开始谋划着半年后的复婚,似乎有无数的礼金正向杜长江飞去。

赵天涯、刘美丽还参加了黄大宝的婚礼，黄大宝满面春光地向赵天涯、刘美丽敬着酒，继而懊恼地说，都怪他当时鬼迷了心窍，老婆还是老的好啊。然后，黄大宝很心安理得地接过赵天涯递上去的红包，塞进身边那个鼓鼓囊囊的大口袋。

回去后，赵天涯和刘美丽照例打着冷战。

但刘美丽看着一筹莫展的赵天涯下班后，总会闷闷地坐在沙发上一坐就是半天，又有些于心不忍。

刘美丽想，要不，就离吧。

那个晚上，刘美丽特意烧了一桌子菜，等着赵天涯回来。可赵天涯愣是没回来吃饭，直到深更半夜时才拖着个醉醺醺的身子回来了。

刘美丽有些心疼地搀扶着赵天涯进了屋，又没忘给赵天涯擦脸洗脚。

刘美丽明白，赵天涯的压力实在是太大了。

想了想，刘美丽拉过躺在沙发上喷着酒气的赵天涯，说："天涯，我想过了，听你的，我同意离婚。"

刘美丽以为赵天涯会很兴奋地看着自己。

可谁知道，刘美丽却看到赵天涯一脸愤愤地看着她，并且狠狠地把她推开，口中还喊着："滚，滚，想离婚，哪那么容易啊！"

刘美丽有些愣愣地看着赵天涯，百思不得其解。

然后，刘美丽就看到赵天涯趴在沙发上哭。赵天涯说："杜长江的老婆钱温柔，就今天，今天居然和别的男人结婚了……"

听着，刘美丽真的傻眼了，半天说不出一句话来。

出　浴

李培俊

　　沐浴后的女人是一道靓丽的风景。水蒸气丝丝缕缕从洗浴室飘逸出来,暖色的氤氲便融进休息室的各个角落。女人们披着浴巾,或坐或躺,舒适,惬意,慵懒,散漫,又妖冶无比。

　　姑娘出来之前,相熟或不相熟的女人正在谈论家长里短,丈夫、儿子、公婆、韭菜、青葱、大萝卜,满嘴跑火车,热烈而又兴奋。猛乍地,爆发出一阵莫名的嘎嘎笑声,全然没把这个世界寒冷的冬日放在眼里。这时,一只嫩藕般白皙的胳膊撩开胶塑门帘,水妖般晃眼的身子探了出来,缓缓走进休息室。马上,时空倒回亿万年前的洪荒,声息俱无,空寂而又寥远。

　　这是个二十几岁的姑娘,胴体的每一寸肌肤向外发散着她这个年龄的青春气息、晃人眼花的细柔嫩白。

　　沉鱼落雁? 闭月羞花? 这些凡俗的用语早已烂了,可你找不到更为贴切的词语去形容这个姑娘。她一身水湿站在浴室门口,身子那么轻轻一抖,细碎的水珠带着晶莹透亮,在天窗射进的阳光里划开一条条美艳绝伦的弧线,悠悠然洒落在地上。她摘掉白色护发帽,走向属于她的那张小床。

　　她的床和那姑娘挨着,之间仅有五十厘米的距离,当姑娘走近床边,在她对面坐下,她的眼睛狠狠地疼了一下。姑娘轻启红唇,对她礼貌地一笑,算是打了招呼。她还以微笑,便把目光垂下,偷偷打量同为女人的自己。虽然，她的身子也很美，属于女人中的佼佼者，虽然该高的地方仍然高着，该低的地方低了下去，没有多余的赘肉，可两相比较，她还是泄气了。她明白，自己缺少的，是姑娘的那种柔嫩和弹性，还有一份青春的自信。

她不想在休息室——尤其是这个耀眼的姑娘身边过多逗留，每一分每一秒都是一种折磨，呼吸不那么顺畅，身子无端地燥热，刚刚洗过，却又生出一层羞惭的汗水。她觉得，和那个姑娘相比，自己只不过是一棵狗尾巴草，没理由待在一株艳丽的牡丹花旁自取其辱。她叹了口气，是一声时光不再的哀叹。

六岁的女儿也正看着出浴的姑娘。女儿精致的小脑袋微微歪着，自上到下、从头到脚地看，童贞的目光磁石一般吸在姑娘身上。她拍了一下女儿的屁股，把女儿"唤醒"。她说："快把衣服穿上，咱们该回家了。"女儿恋恋不舍，磨蹭着不肯动。

"妈妈，我长大了也会像这个阿姨一样好看吗？"

"不会。"她说。吃很坚决。

"为什么？"

对于女儿的诘问，她哑口无言，不知如何回答。

姑娘抚着女孩的头发，说："你会的，一定会的。"

看着女儿穿好衣服，她把手机递给女儿，说："给你爸打个电话，让他来接我们一下。"女孩拨通电话，喂了一声，说："爸爸，外面冷，你来接我们回去吧。"不知对方说了什么，女孩把电话扔到床上，说："臭老爸！他说正开会，要咱们打车回去。"

她轻轻叹口气，说："那就算了吧。"

女儿在地上疯跑着玩的时候，她在收拾洗化用品，把换下的衣服往袋子里装，刚把最后一件塞进袋子，就听到女儿一声撕心裂肺的哭叫——女儿的头在柜子尖锐的棱角上磕破了。她把女儿抱在怀里，捂住磕伤的地方，急得团团转："这可怎么办？这可怎么办！"

姑娘连忙拿出手机，说："大姐别急啊，我打电话，让我男朋友开车过来，把孩子送进医院，千万别让小姑娘留下疤痕啥的。"

电话通了，姑娘简要说了情况，对方答应，让她下楼等着，车子马上就到。

十分钟不到，车子已经候在洗浴中心楼下。看到那辆宝马，女儿一声欢呼："妈妈，爸爸的车！这个臭爸爸，他不是说开会吗？"

她一句话没说，看着面红耳赤的姑娘，默默地接过孩子，钻进车里。车子启动时，她从倒车镜里看到，姑娘朝她挥挥手，而后把一滴晶莹的泪水弹向冬日的天空。

给我一支烟

段淑芳

　　我是个有多年烟龄的老烟民,读大学和老婆谈恋爱那会儿,她给我提过意见,说我别的方面还凑合,就不喜欢我抽烟。为了抱得美人归,我曾信誓旦旦地向她保证过,立马戒烟,并且说到做到。

　　结婚两年多了,同事笑我怕老婆,说为了老婆烟都戒了。架不住同事们的起哄,我又开始抽上烟了,不过抽得不多,每天最多抽一两根,也不当着老婆的面,只在外面和同事一起聚餐的时候,体验下"饭后一支烟,快活似神仙"的快感。

　　话说那次,我正在餐厅不亦乐乎地一边和同事海吹,一边吞云驾雾时,突然感觉气氛不对头,同事们怎么都望着我的脑后不说话了。我回头一看,原来是我的老婆大人正站在我身后叉着腰板着脸做凶神恶煞的母夜叉状。我赶紧把手头吸了一半的烟掐掉。老婆大人气喘吁吁丢下一句"回来再跟你算账",就气呼呼地走了。我承认我是一个怕老婆的人,瞧她那德行,估计我回去要跪搓衣板了,我可不敢一个人回去哟。于是我假装邀请我的几个同事去我家打牌,其实是想带了外人回去,老婆碍于面子总不至于对我咋样。我的老婆是这样一个人,发起怒来有点儿歇斯底里,但无论什么事一旦完全消化后就很容易对付了。我今天这一招显然不管用,老婆看我回来了,当着好几个人的面也不给我面子,一个人关了门在卧室,还撂下一句狠话："再这样下去我们离婚！"

我觉得我男子汉的自尊心被深深地伤害了。离就离呗，这年头谁离开谁不能活啊！从那以后，我就破罐子破摔了，每天不再是一根两根地抽，而是三根五根、八根十根地抽，也不再背着老婆了，男子汉敢作敢当嘛！老婆看我变本加厉，没少跟我吵过，我们家里的烟灰缸每次买回来不到一两天准被她砸个粉碎。每次我刚一掏出打火机，她就跟我抢，烟刚一叼在嘴上也被她抢去揉个稀巴烂。我觉得这个女人简直疯了，她再也不是我心目中那个温顺乖巧的老婆了。

有一天回到家里，茶几上一条钻石芙蓉王向我发出魅惑的笑容。我心说怎么回事，我们家又没人当领导，谁会送我们一千多元一条的高级香烟？像我这收入，平时最多抽五元八元一包的白沙烟。老婆闻声从厨房里走出来笑嘻嘻地对我说："老公，我不是怪你抽烟，我只是觉得你抽那烟太掉身价。既然要抽，就得抽好的，何必让那差烟的尼古丁积聚在身体里呢？"我有点受宠若惊，莫非太阳从西边出来了？还是她有什么事要相求本夫君？我说："说吧，有什么事就直说！"老婆说："我真的只是一番好意，想让我老公抽一点上档次的烟，你别多想了。"我感激地亲了老婆一口，把那钻石芙蓉王小心翼翼地开了封拿出一包，其他的又包好藏到书房里。我心里打起了小算盘，一条烟一千五百元，一包烟就一百五十元，一支烟就要七点五元，这抽的每一口都是白花花的银子啊。看来以后不能每天八根十根地抽，三根五根地抽，最多每天抽一根。每当我如获至宝地从烟盒里拿出烟来时，每当我一小口一小口地品尝着香浓的烟味时，我的心都火辣辣地痛。我就对自己说，咱抽的不是烟，抽的是寂寞啊。不对，抽的可不是寂寞，抽的是银子啊。这样一想，我觉得一天抽一根都很奢侈了，恨不能把一根分成十小截，每天只抽一小截。

一段日子下来，我和老婆的关系又和好如初了。我感觉我的吸烟量明显减少了。中超联赛开始了，我坐在电视前看得可紧张了，当看到我力挺的国安队又不小心输了一个球时，我好气啊，不由自主地要从口袋里摸出一根烟来抽。手还没伸进口袋里,一杯热气腾腾的茶水已经端到我面前了。老婆说:"来,看电视累了,多喝点茶解解乏。"我觉得老婆越来越贤惠了,不由得在她额头轻轻一吻,表达我的谢意。晚上睡觉前我都有看会儿书的习惯,这天我在读网上卖得挺火的那本《明朝那些事儿》,看着看着有些乏了,又不想马上去睡,就想着抽根烟来醒醒脑。我摸出烟来要点火时,老婆大人猫一样钻到我怀里来了。她说:"老公,我可以请教你一个问题吗?"我一向都好为人师的,自以为上知天文下知地理,没什么问题可以难倒我,何况是最近表现超好的老婆,我大气地说:"当然可以了,老婆大人只管问,你老公一定会知无不言言无不尽的。"老婆说:"我最近在看《三国演义》,你说曹操为什么被人称作奸雄呢?他到底是功大于过还是功过相抵呢?"我清了清嗓子,《三国演义》我已倒背如流了,现在有了卖弄学识的机会,自然是侃侃而谈了!你说奇了怪了,跟老婆滔滔不绝地侃了半个小时后,我的烟瘾也就没了。

早上上班前,我习惯性地和老婆拥吻分别,这基本上是我们恋爱时养成的习惯,婚后不久就戒了。最近老婆搬出拥抱的诸多好处,什么拥抱可以治病,拥抱可以愉悦心情,拥抱可以长寿啦,等等。为了这么多好处的拥抱,反正又不用花钱买,我们就把恋爱时的这个习惯重新捡了起来。坐在办公室里,我习惯性地掏口袋,想抽支烟,烟却不翼而飞。我明明记得出门前是放在口袋里的呀,难道是我记忆出错了。下班回家一看,烟安然无恙地躺在桌子上,看来果真是我忘拿了。哎,人年纪大一点,记性也大不如从前了。

一段日子后,我的烟抽得越来越少了。再过一段日子,我基本上就把抽烟的事情给忘了。老婆深情地拥吻着我说:"老公,你真有男子汉气概,以前怎么让你戒烟都不听,现在自己不声不响就把烟戒了,进步可真快!"

丢失的初吻

纪富强

十四年前,我在警校念书。

第二学期上摄影课,着重掌握对痕迹物证的拍摄和取证。除了打枪,恐怕把玩精密相机就是当时最令我们兴奋的事儿了。

我们三五成群,自愿结合,去操场、去树林、去工厂,甚至去坟头、去臭水沟,制造假定现场,然后练习拍摄。

我和大民俩人一组,练习得相当顺利,并且利用剩余胶卷,互拍了一些自以为很福尔摩斯的照片。

接下来,就轮到上冲洗课了。

这课更为简单,听教官说就是去暗室里,亲手用显影液冲洗出照片,然后找出差距,弥补不足。

大家跃跃欲试,排好队伍,叽叽嘎嘎走进亮着日光灯的暗房。

随即,教官制止了所有喧哗,开始强调课堂纪律:

"从现在开始,所有人一律不得说话。要迅速自行分组,找好显影罐、卷片盘、温度计、量杯、夹子、裁刀等必备工具,等待我的口令!"

教官说完,暗房里立即响起一片叮叮咚咚的响声。我仍和大民一组,我抱相机,他拿工具,很快准备完毕。这期间,大民随口向我说了句:"可惜了,还有几张底片没照完。"

大民话音刚落,教官的吼声立即响起:"刚才说话的那位同学,请你给我出去!"一时间,所有人目光射过来。大民异常窘迫,随后万分沮丧地看了我一眼走出暗房。

这下,没人再敢说话,纷纷蹲下准备开工。暗房里迅速沉寂。

"有事情,可以打报告!谁再敢违纪,看我怎么收拾他!"素有"野兽"之称的教官再次放出狠话,随后"吧嗒"一声关掉了屋里的灯。

意外,就在这一刻突然降临。

灯光倏地熄灭,暗房霎时陷入漆黑的深渊。所有人眼前模糊一片,女生们下意识地发出一声"啊"!与此同时,有只手紧紧抓住了我的胳膊。

那是一种我一辈子都不会忘记的黑暗,无边无际,如潮浪涌,让人孤独,让人胆寒,让人惊恐,让人窒息,让人晕眩,让人仿佛一下子从人间坠落到地狱。

我迅速攥紧了胳膊上的那只手。它一直都在抖,直到这时我才明白身边是个女生。两只手也越攥越紧。

我们都以为能逐渐适应黑暗,可我们错了。我们毫无心理准备,苦撑的结果反而像溺水的人,等来的是加倍的绝望。专业暗房毫无光线,加上周围死寂一片,既潮湿又阴冷,我们这时才悟出冲洗课的真正含义,它挑战的竟是人的心理极限。

有抽泣和压抑的呻吟低低地传出,有急促的喘气声在胸腔里呼啸。就在我也感到快要崩溃的时候,怀里突然多了一个温热的身体。我来不及多想,一把抱紧,嘴角已触到了一张薄软冰凉的唇……

我不骗你,那是我的初吻。

在这之前,我曾和童年的异性伙伴亲过嘴。但那不一样。这个吻,让我第一次洞晓了舌头除去吃饭以外的天大秘密。

原来,舌头也能握手,能拥抱,能舞蹈,能飞翔,能燃烧,能在惊恐陷落中进行救助,能在天崩地裂时实施救赎,能让人不知不觉地从地狱飞升到天堂。

"大家注意了,开始冲洗!"

黑暗中教官的话,忽然像道狰狞的闪电,霎时将我怀中的身体夺去。我甚至还没反应过来,下意识慌忙端起相机,却又不得不无奈地垂下手臂。我知道,大民相机里还有胶卷,可如果我摁动了快门,同学们的底片将就此报废,而等待我的也必定是教官的一顿教鞭。

她就这样消失了,我的天使。我舌尖上还留有她淡淡的芳香,怀抱里还留有她微微的余温,可我竟然不知道她是谁……

出了暗房,大民翻看着照片表示很满意,但我低落的情绪让他很意外。

"我又没怪你。看,脚印真清晰,我俩多帅!"

我走神了。我的大脑、眼睛、鼻子、嘴巴、毛孔,无时无刻不像猎犬一样四处焦急地窥探着。全班共有八名女生,到底会是哪一位呢?

从外表上,完全看不出来。她们一回到阳光下,就立即举起照片遮挡住强烈的光线朝宿舍跑去。她们每一个人的身段,都是那么优美。

我太痛苦了!说出来谁会相信呢?在女生贵如国宝且严禁恋爱的警校里,在我们性别严重失衡的班级里,居然有一个女生主动拥抱并亲吻了我!不管是出于什么原因,我们都曾经是最亲密的人。

从此以后,我守着这个秘密,始终都在小心翼翼地寻找着。八位女生,个头相当,身材匀称,各有魅力。每个人都像,可每个人又都不像。直到有一天,我沮丧地想到,对方会不会也不知道亲吻的是谁呢?

毕业那天,聚餐时都喝醉了。我单独到女生那桌敬酒,提议以一对八玩石头剪刀布的游戏,谁输了回答对方一句实话。结果,我最后输给了她们老大。老大借酒笑问:"我们八个人中,你最喜欢的是哪个?"

我鼓足勇气回答:"如果我的心是一张底片,那它冲洗出的,是我永远的初吻。信不信?我一直稀里糊涂地暗恋着你们八个!"

老大听完先是笑,接着却哭了。继而其余七个人也哭了。

她们,全都哭了。

老 白

纪富强

我跟老白不熟,十几年来只见过几面。同在一个局里,这是不是有点邪乎?

不,一点都不。

这是由老白的工作性质决定的。

关于老白——

有人骂他"阎王",有人咒他"小鬼",还有人叫他"无常",而我们在事迹材料上,管他叫"山城夜鹰"。

不管咋叫,老白都是个狠角。

老白的工作时间,恰恰与他的姓氏完全相反。

试想:一个年轻壮汉,每天夜里,十点上岗凌晨下班,在夜最深沉的下半段,带一群联防队员,巡视城区的大街小巷,守候、审查、堵截、抓捕,寒来暑往,风雨无阻,一干就是十年,从无间断,这是个什么概念?

当别人下了班接上孩子,全家乐融融地一起吃晚饭,老白可能还正睡得天昏地暗;当别人打着酒嗝回家,洗完热水澡看场球赛,老白可能刚刚换上厚厚的棉大衣出门;当别人打着幸福的呼噜进入梦乡深处,老白与弟兄们或许正跟歹徒在黑暗中展开惊心动魄的肉搏战;当别人晨起锻炼完,提着新鲜的豆浆油条往回走,老白也总算把自己连人带大衣重重地往床上一扔……

一晃就是十年啊！这是人干的活儿吗？是人过的日子吗？

不是，也是。至少，老白得干，得过。老白也愿意干，情愿过。

因为，老白是个警察。

不是有首流行歌吗，那英唱的，名叫《白天不懂夜的黑》。不干这行，恐怕谁都体会不到这其中的苦累和付出。

说到歌了，我忽然想起来，之前我对老白的印象，竟然不是因为和他打过什么交道，而是来源于他那位多才多艺的老婆！

几年前，县局曾组织过几届迎新春文艺晚会，其间有个体态丰盈的民警家属，在舞台上能歌善舞，什么歌曲新潮唱什么，什么舞步火爆跳什么，给人留下过深刻印象。那时候，我就听不少年轻民警私下里开玩笑嘀咕："听说老白和老婆过性生活，还得请假回去加班呢！""这样的老婆，老白能镇得住吗？"

我听了也笑，是啊老白！都说女人三十如狼四十如虎，你这样的作息，谁能受得了？

可转念一想，我们操这份心思不是吃饱了撑的吗？

让我万万想不到的是，日后真正与老白亲近，竟会是在病房里。

那天刚一上班，局领导要去医院探视，我和一女同事被派去录像照相。直到进了病房我俩才知道，要看的人是老白。

老白躺在床上，头被纱布裹得像个粽子，脸肿得像块猪血。而一边垂手站立的明星老婆，仍是红唇粉面，收拾精当。

局领导短暂慰问后离去，我趁机坐下来，与神秘的老白近距离地闲聊几句。

老白是深更半夜审查路边两个涉嫌盗窃的青年时，突然遭到了对方的钝器袭击。用老白的话说，这次栽大发了，还没明白过来是怎么回事，已经躺在地上数星星了。

嫌疑人凌晨悉数落网，但老白牙被打掉了四颗，外加中度脑震荡。

我打趣老白："这下恐怕得立个小功了。"

老白皮笑肉不笑地回答："幸亏没当烈士，我的保险刚超了期。"

我抬头看看脸色生硬的老白老婆，关心地问老白："十年了，不想换换警种？"

"想啊，领导也想把我换了。"老白咽口唾沫说，"可我没同意。一是没肯替咱的，二是我这生物钟不能紊乱啊！"

我笑着追问："心里话？"

老白答："要不算正式采访的话，那当然不是。"

"其实，我更舍不得那些协勤啊！"老白叹口气说，"我走容易，谁都能替，可那帮人恐怕也得跟着走一批！他们身经百战身手难得，一旦走了实在可惜！现在能有多少年轻人愿干这种活？"

"那建议多找几个民警，轮着带班不行吗？"

"兄弟，都试过。可各人思路不同，要求不同，配合默契程度也不同，干这活儿实在容不得半点松懈和闪失！"

我明白了。我突然很能懂老白的意思。

于是，话题一转："那这么干下去，就不怕嫂子踹了你？"

岂料，老白语气舒缓下来："我现在，最想感谢的人就是我老婆。这么多年了，我好不容易能休息几天，却又得麻烦她伺候我……"

这话很肉麻，偏偏老白又说得一本正经，两个大眼珠子无限深情地望着天花板。

我扭头去看老白老婆，人家正面无表情地端坐一旁，用涂满蔻丹的手指一遍遍地数着慰问金。

走出病房，一起来的女同事为老白抱不平："像话吗？男人受伤住院，女人鞍前马后伺候好就是了，竟然高跟鞋短裙打扮得像个演员！"

我笑笑，刚要附和，忽然想起老白方才盯看天花板时的眼神。

我恍然大悟！老白这十多年的青春和夜晚奉献给了谁呢？不唱高调，说得家常点，不就是这个舞台上载歌载舞、生活中千娇百媚的女人吗？老白孤苦凄寒的黑夜，为了什么？

于是,我大声地说:"你不懂,老白有个这么漂亮的老婆,就算是罗锅被车碾,死了也直(值)了。"

女同事狠撇撇嘴:"你们男人就是好色!"

肾

韩昌盛

　　文盛经常感冒,低烧,感觉身上没有劲儿。文盛对金花说:"别是尿毒症吧。"他们正在看山东电视台,里面放着哥哥为弟弟捐肾的新闻,很感人,文盛和金花都哭了。

　　文盛还是到县医院做了检查,果然是尿毒症。就开始透析,半个月一次,十天一次,一星期一次。中间文盛在金花的陪同下到蚌埠和南京做了检查,确定是尿毒症。专家严肃地对他说:"你才四十岁,正处于人生关键时期,条件允许的话,可以做换肾手术。"

　　文盛很认真地考虑这个问题。女儿秀秀在县城上高一,成绩很好,儿子上小学六年级,很可爱,他不想离开他们。文盛还仔细地找出一个笔记本,那上面有三年前写下的雄伟的家庭计划:盖上两层小楼,为父亲过一个热闹的六十六岁大寿。然后,哭了。金花给他抹眼泪:"别哭,不是有大姐二姐和老四老五吗?医生说兄弟姐妹捐肾成功率最高。"

　　沉默。只有沉默,文盛摇摇头:"家家都有难处,不能让他们捐。"文盛算给金花看:"大姐今年快五十了,有乙肝。二姐做生意,太忙。老四在城里上班,正奔前程呢。老五刚成家,还没要孩子,不能误了他。"金花不听:"捐肾又不会丢命,你没有肾,就没命,哪轻哪重?"

　　文盛当然知道谁轻谁重,可他不能开口说。坐在床上,他想,难道我打电话说大姐你给我一个肾或者老四你年轻给我一个肾吧？文盛摇摇头，摇头时就看见墙上秀秀的奖状，金灿灿的，忍不住，一阵心酸。

心酸的有很多人。父亲跟着他到县医院，要检查身体，把肾给他。父亲笑着安慰他："我一把年纪了，要肾有什么用，留给你好好干活，把秀秀和明明培养出来。"文盛劝不住。还有母亲，也要捐。母亲眉飞色舞地对医生说："我早都想享清福了，摘掉一个肾，用不着干活了。"县医院没有配型条件，他们便坐车到蚌埠医院检查。检查结果很长时间才出来，父亲的条件比较符合，但有高血压、心脏病，手术风险太大。专家说："尽量动员亲戚中年轻力壮的人捐，不仅成功率高，术后工作时间也长。"

父亲说："我去问问他们几个。"金花有些生气了："电视上、报纸上都登满了，人家都是争着抢着捐，争不过来就抽签，不就是兄弟姐妹吗？再说捐肾又不是捐命，到现在没有一个人说捐。"金花还想说，大难临头各自飞，又觉着不合适，文盛瞪她，很认真地瞪她，文盛啪的一声关上电视："你怎么能这样说？家家有难处，再说捐肾又不是捐钱，说捐就捐，有危险。"顿了一下，文盛对父亲说："不要去问，听天由命吧。"

父亲去了，三天没有过来。

金花开始生气，说："怎么能见死不救？"文盛不说，可是心里有些酸。

文盛开始考虑后事。比如秀秀和明明上学的费用，比如金花的去留，他在那个曾经写着雄伟的家庭计划的笔记本上写起遗嘱来："金花带一个孩子走。"她年龄小他三岁，力气弱，不能干太重的活，一个人养不起两个孩子，最好是明明。秀秀留给父亲母亲养，上大学的钱每家平摊。文盛苦笑了一下，大姐二姐老四老五要受累了，都得出钱。文盛把笔记本藏起来，准备不行的时候交给父亲，让父亲监督执行。

文盛准备不治了，他算了手头的钱，还有三万多块，留给金花和明明吧。文盛问过主治医生了，有合适的肾源，手术费用也得二十多万。这笔钱，是无论如何凑不够的，兄妹五个人除了老四上班，其余都是农民，日子紧巴巴的。文盛在笔记本上重重地画了几道线，算了，走好最后一程吧。

　　可是文盛还得去透析,秀秀说如果不治她就不上学了。十六岁的秀秀很秀气,亭亭玉立,让文盛开心笑了一下。医院里有很多人,老四、大姐、二姐,还有两个外甥,他们都在。文盛打着哈哈:"给我送别吗?"大家都笑,拿着话筒的记者也都笑,记者没有问他太多的问题,问秀秀,问老四,问外甥。秀秀说:"失去一个肾可以,爸爸不能失去。"老四说:"兄弟同肾,情义无价。"外甥很年轻,拍拍胸脯:"年轻就是力量。"记者招呼大家坐车,电视台准备了一辆中巴送他们到蚌埠体检。

　　电视台做了专题。体检结果出来后,老四、老五和两个外甥都符合要求,电视台又以"义如云天,竞相捐肾"为题追踪报道,引起强烈反响,有一家企业表示愿意捐款二十万。老总握着文盛的手说:"兄弟,我爹当年就是这病走的,那时我没钱啊。"

　　手术做得很成功。市、县电视台全程拍摄,文盛醒来后和老四握了握手,弟兄两个人的笑容定格在屏幕上,让观众一片唏嘘。

　　金花将鸡汤喂给文盛,喂给老四。金花很不好意思地给老四媳妇说:"到底是一奶同胞,先前我错怪了他们。"老四嘘了一声,金花转脸,摄像机正对准他们认真地工作着。病房里,一片阳光。

　　出院时,也是阳光满地。在震耳的鞭炮声中,老四对着镜头感谢电视台,感谢企业家,感谢很多帮助他和文盛的人。老四对着镜头深深地鞠了躬,秀秀赶紧扶住了她。

　　老四坐在车后排,对秀秀说:"给前面的记者叔叔道声谢,都是他策划,才有人关注有人捐款,才有你爸的健康。"记者转脸,生气的样子:"千万别,谁叫咱们是同学,一辈同学三辈亲嘛!"

　　秀秀认真地鞠了一躬,秀秀准备自己去捐肾,就是被这个记者叔叔训了一顿,说:"肾有了,钱呢?"四叔也训她:"那是我哥我不心疼吗?"记者赶紧摆手:"都出院了,要高兴。"于是,秀秀笑了笑,一不小心,两颗泪珠滚了出来。

俩女人的幸福生活

褚进龙

她和她是在美容中心认识的。两个打扮时尚又很漂亮的女人。

她和她第一次相遇时，都不由自主地注意到了对方。

她便问："那女的是谁？"

"你不认识？"美容小姐很诧异，"她是李总夫人，很有钱的。""噢，不就包工头的老婆吗？还夫人？"她撇了下嘴角，满脸不屑。隔壁，她也在问："刚才那女人是谁？"

"你不认识?!"美容小姐很诧异，"她是熊主任老婆，好漂亮的。""哼，穷烧包！这地方也敢来，有钱吗？"她抬了下眼角，一脸轻视。"她有贵宾卡！包年的。"美容小姐很认真。

俩人同时出来，装着不经意地打量了对方，都是用余光，傲气十足。李总夫人从手包里拿出一沓钞票，抽出几张拍在收银台："埋单!"熊主任老婆从包里拿出一张金卡，往收银台上一推："刷卡!"

一星期两次，俩女人便在这个场所经常相遇了。

一个月后，俩女人结账的方式却掉了个儿。李总夫人用起了金卡，熊主任老婆却用起了现金。终于，俩女人找到了说话的方式。那天，李总夫人忘了带卡，便又去掏钞票。

"一起结账。"熊主任老婆替她付了账。

"这多不好意思!"李总夫人绽出笑容。出门时,俩女人的胳膊就挽在了一起。

又是一个不约而遇的时间。俩女人要了一个双人间。美容小姐给俩人脸上敷上面膜膏。一个满脸黑糊糊,一个脸上白煞煞。

李总夫人就说:"我就喜欢这个牌子,效果很好,他公司的都说我皮肤好,看上去像十八九,哪有那么年轻喽? 咯咯……"

熊主任老婆也说:"这牌子很适合我,同事都说我肤质水嫩,像女儿的姐姐了,哪能呢? 呵呵……到了我们这岁数,男人就开始变坏了。"

"他敢! 我家那口子乖得很!"

"这个可不敢大意,现在的小狐狸精多着呢!"

"我老公不敢越雷池半步的,他没机会……"熊主任老婆故作神秘,"我有秘密武器。"

啥啊? 李总夫人将耳朵递了过去。熊主任老婆如此这般地描述一番,两个女人相视哈哈大笑。美容小姐脸涨得通红,忙站起身出去了。

两个毫不相干的女人如亲姐妹般好了起来。

今天她约她去逛商场。明日她邀她上牌桌。俩女人出手阔绰,常惹来羡慕的眼光。

半年过去。俩女人谈话间觉得很无聊,便商议着如何消遣时光。

"去国外旅游怎么样?"熊主任老婆说。

"不错,我也早想出国。"

俩人便来到了国外。晚上李总夫人来到熊主任老婆房间。

"这会儿,家里的男人会不会借机乱来啊?"李总夫人有点焦虑。

"他敢!"熊主任老婆很坚定,"我老公很爱我的,狐狸精绝对勾不上他!"

"那当然,我老公舍不得我的,想当年那么拼命地追我!"

说毕,两个女人同时拿起了手机。

"喂,干吗呢? 在家吗? 在家呀,好,在这儿很好玩的,嗯,好的……"

"我老公在家!"

"我老公在牌桌上!"

俩人躺在床上"哈哈"大笑,很浪。突然,李总夫人猛然坐起,对熊主任老婆说:"你老公真的不会背叛你?"

熊主任老婆就说:"他没那个胆子!"

李总夫人诡异地一笑:"那我考验他一下?"

"怎么考验?"熊主任老婆不解。

"这样。"李总夫人如此这般地规划了一番。两人将老公的号码进行了交换。

第二日晚,熊主任老婆急忙跑到李总夫人房间。

"他有回吗?"她紧张地盯着她的脸。

"我家的回了吗?"她也紧张地盯着她。

得到彼此的回答,俩人长吁一口气,如释重负般软软地躺在床上。

旅游结束,俩女人都没收获。

车上,熊主任老婆说:"我对老公很有信心的,他不可能出轨。"

"那当然,我说过老公很爱我的,他跟我每次那样之后,都会说舍不得我的。"李总夫人也是言之凿凿。

俩女人依然去做美容,还是相伴去逛商场,也一如既往地夸老公的好和对自己的忠诚。不过,俩人渐渐地在一起聚的时间少了。

又一次相遇。李总夫人问:"最近很忙吗?"

"我老公让我多陪他,出来的时间少了。"熊主任老婆答。

"我也是,他最近越来越黏我了。"

"嗯,还是在家多陪陪老公吧!"

俩女人好几个月不见面了。

一日下午。某五星宾馆电梯处,她和她突然不期而遇。"咦!你怎么在这儿?"俩人不约而同,都是满脸狐疑。

"我送亲戚来这儿住。"熊主任老婆有些慌张。

"我是来看老公的客人!"李总老婆慌忙主动解释。

俩人一路无语，各自心事重重地分手。

晚上，熊主任老婆收到李总夫人的短信。

"你不是骗我了吧？我看到了他的车。"

李总夫人也收到熊主任老婆的短信。

"你没骗我么？我也看到了老公的车。"

你敢送，我就敢收

蒋　寒

入室之后，张国平正要下手，门铃响了。

一声接一声，如催命。

催得镇定的张国平也方寸大乱了，正想打哪儿来从哪儿溜，却哑然失笑了，还为自己的紧张摇了摇头，主人是不会摁门铃的。

索性点燃一支烟，深深地吸了一口，又缓缓地吐了一个烟圈儿，情绪得到了控制。这才坦然地踩着铃声，迎向大门。朝猫眼一瞅，不觉笑了。

张国平鼓足勇气拉开门，烟圈砸中呆立门外手提名酒的年轻人的脸。

年轻人呛咳着，小心地问："您是张局长？"

张国平心里猛一惊，又一喜，却竭力表现出平静："嗯，我姓张。"

年轻人喜形于色，忙将名酒拎在跟前："张局长好！"

张国平佯装不以为然，说："进来吧。"

年轻人受宠若惊地进了屋，立在偌大豪华的客厅，不知所措。

张国平俨然自己就是这屋的主人，一屁股落进真皮沙发，从茶几下拿起烟灰缸，放在大理石桌面，弹着烟灰，招呼年轻人："坐吧。"

年轻人趁势将名酒靠茶几放下，支吾道："不，不了，王总让我来看看您……"

张国平仍旧不以为然，紧盯着不知所措的年轻人："说吧，什么事？"

年轻人支吾道："外滩花园那个工程，我们兴达公司想……"

张国平慢慢将烟头捻碎在烟灰缸里，做出一副思考状。

年轻人忙说："王总知道，工程竞标的单位多，就让我先来……"

张国平从烟灰缸里挥起手，压住了年轻人后边的话："知道了。"

年轻人喜出望外，连连鞠躬道："王总一定登门拜访！一定登门拜访！"

送走年轻人，张国平反锁了门，迫不及待地抓起包装精美的名酒，沉甸甸的，三下两下扒开包装，目瞪口呆了，钱！整整十万元。

从未得手过这么多现金！张国平瘫在沙发里，心怦怦跳动。原本扮作电工来小区顺手牵羊，谁料误入一局长家，且还同姓。更没料到，还轻易截获了一笔赃款。

感谢本家。张国平立马对这套豪宅有了好感，也可以说是一种兴奋，是那种垂钓者发现鱼群的兴奋。感谢本家局长为他搭建了这么好一个钓鱼平台。

不想再破坏屋里的一切。分明是上天在暗示他，这是他的吉祥之地。

张国平很快又冷静下来，不然他就不是张国平了。

此地不能久留。将十万元塞进电工包，正要溜，门铃响了。

张国平一惊，难道是年轻人回来了？难道那小子联系了张局长，得知张局长不在家，而是正在单位……

门铃急促，声声如催命。

藏好鼓鼓的电工包，张国平硬着头皮走近反锁的大门，朝猫眼一瞅，笑了。

又来了一条大鱼，一位怀揣名烟的中年人，等着咬钩。

目睹门外焦急的中年人，张国平忍不住想笑，心里骂道："奶奶的，炸药包不扔出去你不痛快，来吧，朝我扔吧，来炸平我吧。"

猛拉开门。

中年人着实一惊，忙笑脸相问："您是张局长吧？"

张国平尽量挤出一脸漠然，点了点头："嗯，我姓张。"

话音一落，中年人已迫不及待地将他挤进了屋，随手将名烟放在茶几上，没有任何解释，也没有坐的意思，而是边退边说："不打扰了，不打扰了。"

这让张国平一脸困惑，问中年人："你这是？"

中年人呵呵笑道："东街小学扩建，没有张局长罩着，哪有我们大华建筑的晴天？马总一直念叨着，早想过来看望您了……"

张国平这才回过神来，暗示自己就是张局长，笑道："哪里哪里。"

中年人双手抱拳说："大华建筑以后还得仰仗张局长了。"

张国平心里笑："仰仗我，你们就得倾家荡产了。"

见中年人已退到电梯口，张国平的手不自觉地挥了起来。

中年人的手也挥了起来："您留步，留步。"

电梯门随之哐地合上。

张国平也哐地合上门，感到后怕不已。他急切地抓起茶几上的两条名烟，打开，天啊，里面整整塞着六万元。

无意钓了两条大鱼啊，必须马上脱身，怕夜长梦多。

抱起电工包溜出门，张国平不忘将门牌号、单元号刻入脑子。直到脱离小区，才大大地松了一口气："奶奶的，回头得好好谢谢本家局长。"

之后几个星期，张国平没再轻举妄动，也没闲着。他每天化装潜伏在小区外，仔细观察着本家局长的家，发现那豪宅只有周末才亮灯……

不觉笑了。

再进本家局长家门，张国平就不是电工，而是西装革履提着公文包的张局长了。

进豪宅，仿佛是回到了自家。看那卧室、卫生间、厨房，都是如此温馨……

门铃没响。门铃咋还不响呢？

请 客

蒋 寒

"都在啊,走,今晚我请客。"

一屋人被于发威的话震了起来,吃惊地看着他。

见大伙儿吃惊,于发威笑了:"不信?"

"真的? 于局!"小玲差点儿扑进他的怀里。大林挥手致意,彭大姐忙递上开水:"这才是好领导嘛!"老于和老沙也啧啧感慨:"太阳打西边出来了!"

"瞧,不就一顿饭吗? 说,想吃啥?"于发威一咬牙。

"大王府!"大伙儿异口同声,又忙看他,怕他变卦。

"好! 大王府! 大林安排去。"于发威又一咬牙。

大伙儿仍不信,平常一毛不拔的于发威,今儿个突然耍起慷慨来,莫非……管他呢,只要他的小金库能主动向大伙儿敞开,说明他还有点良心。

大伙儿将他簇拥到大王府雅间。于发威也不客气,一屁股落到王位上。于发威扭头瞥见老于、老沙,要起身让座。老于忙按住他:"坐坐坐,这是签单的位置。"

"对,对,签单的位置。"于发威的屁股又踏实地压了下去。

上菜,烹、炸、炖,海、陆、空都齐了。大伙儿眼睛一亮,直夸大林会点。少说也得上千元,抠局这回主动伸出脖子来,不宰才是傻瓜蛋。大伙儿会意地看着大林,心花怒放。

谁料于发威朝桌上不以为然地扫了一眼,问大林:"就这些?"

大林示意服务员:"快把菜单给领导看看,还缺点啥?"

于发威挥手说:"不必,还有主打菜没上吧?"

服务员说:"除了酒水,都上齐了。"

于发威指着大林:"看看你,给你机会还不敢点。小姐,再上六份鲍鱼!"

大伙儿这才真正吃惊。想,于发威的小金库肯定攒满了。平常对大伙儿抠抠唆唆,没个奖励,逢年过节也没个表示,这下突然大方起来,反倒让大伙儿不是滋味了。管他呢,民以食为天,吃。

啤酒也被于发威换成了进口葡萄酒。目睹他亲自给大伙儿倒酒,举杯致辞,大有与群众打成一片的诚意,大伙儿心里热乎了。于是干杯,动筷,吃着,笑着……

鲍鱼上来,彭大姐惊叫道:"妈呀,这黑糊糊的哪像鱼啊,我不吃,不吃。"小玲和大林捧腹大笑。于发威就耐心地教她吃,教得她一脸热泪。

一顿饭,就这样在和谐的气氛中进行,在于发威的感动中进入尾声。大林示意服务员埋单。服务员走近于发威,小声问:"领导是签单,还是现结?"

于发威想都没想,指着大林说:"找他。"

大林一脸惊愕地看看于局,又看看大伙儿。大伙儿也惊愕地看看于发威,又看看大林。小玲仗义执言:"我说于局,今晚是您请客,还是大林请客啊?"

"是啊是啊!"彭大姐、老于、老沙的目光也直逼于发威。

愣是把于发威给将住了:"大林先结,发票回头给我全报还不行吗?"

大林的手就无奈地伸向小玲:"给钱吧。"

小玲极不情愿地掏出钱包,说:"幸亏我有准备。"

那边埋单,这边于发威叫服务员拿餐盒打包。看见一桌剩菜,仿佛见了战利品,彭大姐、老于和老沙也动手帮忙。当于发威让服务员将汤也打上,他们已不单是吃惊,而是彻底服了他的抠。

两塑料袋战利品让彭大姐拎着。大伙儿你扶我搀地走出豪华的大王府,冰冷的街灯已亮,街面车水马龙。"走路,还是搭车?"大林问。

于发威正左顾右盼,看到不远处有一个垃圾箱,手伸向彭大姐:"给我。"

大伙惊讶地目睹他将两塑料袋战利品扔进了垃圾箱。彭大姐惊叫道:"于发威,你这是干吗?""是啊是啊,你要扔还干吗打包? 这不是浪费吗!"老于、老沙也反对。

于发威鼻孔轻蔑一哼:"说你们不懂吧,不打包,他们会卖给下一拨顾客。以前在外吃饭我们有一个原则,吃不完,打包扔也不留给他们! 不打包那样会造成二次污染。"

"你这才是污染!"彭大姐堵住于发威吼道,"于发威啊于发威,你睁大眼睛看看,这不是以前了,你已经退下来了,你这是在跟自家人吃饭啊!"

于发威猛然惊醒,面对失望的老爸老妈、女儿女婿、发火的老伴儿,耷拉下了头。

彭大姐夺过女儿手中的发票,塞给他:"四千多元,报销啊,把私房钱拿出来吧!"

于发威哭笑不得:"啥私房钱?"

彭大姐和大伙都不信:"你没有小金库?"

"啥小金库?"

"你当十多年局长,委屈了我们十多年,会没有小金库?"

"真没有啊——"

"那,你没有还请我们吃什么大餐? 要什么阔气? 哼——"

于发威猛拍一下脑袋:"嗨,原本我是想请家人,吃个饭,表达一下这些年我对你们的歉意。谁想一进入那种场合,我又不自觉回到了过去,以为……"

"以为自己还在位啊? 于发威,你有这份心意早干吗呢? 哼——"

于发威彻底被亲情击溃,一屁股坐在街边……

"噗——"老爸老妈捂嘴大笑,老伴儿也忍俊不禁。女儿女婿笑着来扶他:"回家吧,老爸。"

于发威尴尬地抬起头，茫然地看着家人。

"走吧，"彭大姐也伸出了手，"虽然我们痛失血本没挖出什么小金库，但好歹把你给挖了回来！"

于发威迟疑地抓住老伴儿，一股暖流通过手臂直流进他的心窝。

普通话宿舍

李日月

　　填报志愿的那会儿，许丽质冲老爸老妈坚定地说："十八年都听你们的了，这回上哪儿读大学，决定权在本姑娘手里。"——硬是选了广州。老爸老妈不解，问她干吗去那么远，回趟家多不方便。她说，长这么大都没出过辽宁省，没选海南岛就已手下留情了。

　　只身来广州上大学的东北姑娘，很快适应了南方气候的炎热，也慢慢看惯宿舍楼阳台上晾晒着的如万国旗般飘荡十天半月从不收取的衣服，但有一件事真的让她很苦闷：像所有的北方人一样，她听不懂粤语。粤语第一次灌入她耳膜，是在她下飞机买机场大巴车票的时候。售票员改说普通话，她才知道，同样内容的粤语她连一个字也没听懂。她原来以为电视上说的那种拉长腔的广州普通话就是粤语呢。

　　同学们会说普通话，但通常不怎么说。比如上课回答老师问题时说，课间休息时就不说；在教室里说，回宿舍就不说。她发现，他们不愿意说普通话是因为说粤语感觉更亲切。她还发现，他们不说普通话，也有他们普通话说得确实不那么好的缘故，尤其是那些从粤西粤北来的同学，普通话从他们口里冒出来就不那么"普通"了。

　　她跟着叫她们的宿舍长为王子娟，叫到第八天才知道她其实叫黄子娟，她们把"黄"说成"王"。她们宿舍是大房间，六个人，只有她这个外地人听不懂粤语。她不在的时候，她们说粤语；她在，就有时候说粤语，有时候说普通话——她们要照顾她的情绪。开始她觉得这样很好玩，也向她们请教某句话是何意思；后来任她们随便说，听不懂耳根清净也好；再后来嘛，再后来她就心烦起来，在热闹的宿舍里开始感觉到从未有过的别扭和孤独，这时候她结识了外班的关红。

关红十三岁跟父母从东北来广州，和她有相似的境遇。虽说关红现在粤语说得相当地道，但她性格爽朗，骨子里是东北人。两人很快成为好友。一天，许丽质极其认真地说："关红，你多好，能听懂她们的粤语。"

关红说："你要好好学，听还比较容易，更难的是说呢。"

许丽质和宿舍里的任何一个人说话，那个人都说普通话，但只要是和自己以外的人说什么，那个人扭过头去就说粤语。有时候问："你们说什么呢？"她们就说一句没什么，即刻又转回粤语了。那天晚上，她们谈得热烈，她觉得她们像一群嗡嗡叫的苍蝇。她提醒她们："你们说啥啊？我一句也听不懂。"黄子娟竟然告诉她，在研究一个问题。说完又是嗡嗡嗡。许丽质就悄悄拨通了关红的电话，让她在电话里帮自己"翻译"。关红说："她们为你开了一个小会，做了一个决定，你很快就会知道的。"上午第四节下课的时候，许丽质恍然大悟。原来舍友们在宿舍的门上贴了一张纸上面写着：普通话宿舍。

用粤语做出的决定被坚决地贯彻执行。通行的语言让宿舍里的六个女大学生一点一点水乳交融，心心相印。

一年后，许丽质悄悄地把门上的字揭掉了。她说："我亲爱的广东的同学们，来自东北的我今后要跟你们学粤语啦。粤语很美，我想听你们说粤语，唱粤语歌。"

许丽质那天给老爸老妈打电话说："招聘广告上都说普通话和粤语流利者择优录取，为此本姑娘决定笨鸟先飞，正式开始跟舍友们学粤语。"她大声强调："南方挺好的，我毕业后就在广州找工作，不回去了。东北太冷，等你们退休就来温暖的南方养老吧。"老妈说："丫头你疯了？"

许丽质说："真的，听女儿的没错！"

表演者

立·夏

表演者是天才，这在 B 城，是个众所周知的事实。

不知从什么时候开始，"表演者"成了他的专属称呼。在 B 城大剧院演出过的所有人，可以被称为演员、明星，甚至艺术大师，唯独表演者这个称呼，只属于他，不能用在其他任何人的身上。

B 城什么都有，B 城是消费者的天堂。B 城人可以洋洋自得地向外夸耀："在我们 B 城，只要有钱，没有买不到的东西。"但只消一句话，就足以把他们问得哑口无言："表演者的票呢？"

表演者两个月演出一场，一年只演出六次，但天天都有人来询问有没有他的演出，B 城大剧院的热线电话有百分之九十都是关于表演者的咨询。有很多外地人专程赶到 B 城，只是想看一场表演者的演出。B 城的交通十分发达，B 城的餐饮十分火爆，B 城的酒店要提前一个月才能订到，这都是因为 B 城有个表演者。而 B 城大剧院的经理又高兴又烦恼。他天天挠头，挠得谢了顶，才想出一个好办法。经理在 B 城大剧院的大门旁新开了一个售票窗口，醒目地贴上"表演者售票处"几个大字。一年三百六十五天，这里天天都有人排队，但没人知道表演者会在哪一天演出，连剧院经理都不知道。

表演者总是在演出前两个小时才来到剧场通知经理，提着他的大箱子，走进他的专属化妆间，并准时在两个小时后出现在舞台。每次，经理总是因为通知舞美师、灯光师、道具师，通知他能想到的所有工作人员立刻各就各位，做好演出前的准备而显得手忙脚乱、六神无主。不过，在他涨得通红的脸上看不到一点抱怨，因为表演者终于要演出了。

偶尔，表演者来的时候，剧院里正在上演着其他剧目，但所有演员都会心甘情愿地中止演出，让位于表演者。而那些观众们，甚至等不到演出中止，就急急地跑出剧场，祈望还能排队买上一张票。而那几乎是不可能的事，买票的队伍早已排到了五个街口以外。只有那些在表演者来之前已经排着队的幸运儿才有可能买到一张票。只有一张，因为每个人只限买一张。

那些幸运的人们终于可以看到表演者的演出了，那真是一场绝妙无比的演出！确实，观看表演者演出的感受是无法用语言来描述的。譬如，表演者若是在酷热的夏天表演发生在下雪时的故事，所有的观众都会冻得瑟瑟发抖，就像真的走进了冰天雪地。同样，他若是在寒冷的冬天表演发生在春天花园里的故事，台下的观众不但觉得浑身暖洋洋的，还能闻到沁人心脾的香气。观众在表演者的舞台下，完全忘了自己是谁。他们跟着表演者，体验着从未体验过的人生经历。每一次当他们离开剧场的时候，都意犹未尽。

表演者在 B 城的每一场演出，从来都没有重复过。他表演的故事总是发生在遥远而又陌生的地方。他的故事都是温暖的、亲切的、快乐的，顶多只带着一点点的忧伤。

有一天，表演者上演了一场送别剧。这是一次发生在郊外的告别。表演者的衣角在风中微微扬起。他眼神空洞，怅然地向着台下的观众，嘴里轻轻地哼唱着那首《送别》："长亭外，古道边，芳草碧连天。晚风拂柳笛声残，夕阳山外山。天之涯，地之角，知交半零落。一壶浊酒尽余欢，今宵别梦寒。"所有的观众都被这一幕震撼了。他们悲痛欲绝，泣不成声，觉得这次表演者要永远离开他们，离开这座城市，再也不会归来。剧院经理沮丧地垂着头。他无法想象没有表演者的剧院会成为怎么样的剧院，没有表演者的 B 城又会成为怎么样的 B 城。

表演者演完后，一如往常，提着他的皮箱翩然而去。B 城的观众抹着眼泪,每个人嘴里都轻轻哼着《送别》。他们一直目送表演者远去,心里空旷得像无人的原野,忧伤的感觉无以复加。

当表演者再次提着皮箱出现在 B 城大剧院时,舞台上一群娃娃正在舞蹈。他们欢乐地舞动着,台下的观众有节奏地拍着手,丝毫没有停下来的意思。剧院经理诧异地望着表演者,说:"所有的人都知道你走了,没人再来买你的票了。"他指着原来的表演者售票处。那里已经改成了奶茶铺,排着长长的队伍,买到的人手里捧着热乎乎的奶茶,脸上带着满足的笑容。

"但那只是一场表演啊 。"表演者说。

你是一头森林象

临川柴子

李克服成功地逃离周亚兰母子的监视,他消失得很巧妙,就像一滴水隐藏在海洋,一棵树挺立在森林,你知道它的存在,却无法捕捉到它。

狭小的出租屋里失去了李克服晃来晃去的身影,顿时明亮了许多,但这种光亮却让母子俩心神不安,他们习惯了李克服在房间里晃来晃去的身影以及他夸张的笑声。他的笑像一颗太阳,能点亮昏暗的房间。

十五年了,李克服在这个家里待了十五年,他把他的身影、气味、笑声都凝固在家里,却让自己溶解在空气中。那天清晨,周亚兰看到端药出来的是吴子棋,略感惊讶地问儿子:"李克服呢?"因为给周亚兰煎药是李克服一成不变的工作之一。吴子棋吹了吹汤药,淡淡地说:"李叔叔伐木去了,他说那工作挣钱多。"周亚兰"哦"了一声便不再说话,李克服出走这么大的事情,母子俩只用简短的一句话就打发了,此后也不再提。吴子棋已经二十岁,他还在读大三,李克服的离开让吴子棋果断地中断了自己的学业,但是他告诉母亲他只是休学一年,等李叔叔回来他继续去上学。

"现在我的学业就是照顾你。"吴子棋收起母亲喝完药的碗,笑着说,他想学李克服一样夸张的笑声,却笑出一串咳嗽来。看来李克服仅此一个,无法克隆。

李克服曾经是一个伐木工,从森林需要保护的年代起,李克服就失业了,他从森林退居到城市。也就是那一年,四十岁的李克服被介绍人领到了周亚兰家里。周亚兰的第一任丈夫刚刚很不负责任地走了,丢下了病恹恹的周亚兰和五岁的孩子。李克服进门的第一件事就是笑呵呵地举起吴子棋,将他架坐在自己的肩膀上。吴子棋感觉犹如坐在一只高大笨重的大象背上,他也高兴得咯咯地笑。周亚兰苍白的脸上显出红晕,她不好意思地对李克服说:"我身体不好,这个家会拖累你。"李克服呵呵笑着说:"怕什么,什么病都可以治,有我在,你就不用怕。"周亚兰又说:"我不能为你生育。"李克服愣了一下,然后又将吴子棋举起来,他说:"没事,一样一样,只生一个好。"李克服的过分大度让周亚兰有些犹豫,可是这个家实在需要一个男人来支撑,容不得她有思考的余地。

不过李克服的表现确实可圈可点,一开始他在漂城独自蹬三轮,后来被统一安排进了一家家政公司,按劳取酬他一个顶仨。李克服年富力强,浑身有使不完的力气,走路时都带着一阵风。多年来他一直坚持亲自给周亚兰煎药,坚持每天将吴子棋高高举起,吴子棋则喜欢叫他大象叔叔。有一天吴子棋不好意思地叫着"大象叔叔你快把我放下来",李克服这才发现吴子棋的嘴唇上出现了淡淡的茸毛。

李克服的勤劳能干给家里创下丰厚的收入,但统统填进周亚兰的嘴,周亚兰喝进去的不是药,而是房子、汽车等这些看不到的家业,她把李克服的下岗安置费也给喝光了,那是李克服打算买养老保险的,为此周亚兰深感不安。李克服却大大咧咧地说:"不是有子棋嘛,我老了就靠他。"

周亚兰得的是慢性富贵病,总是那么的不好不坏,她像一根看似死去的枯藤,但是春天一到又萌发出生机。周亚兰是极度讨厌自己的,她一次次地试图轻生,但都让李克服及时制止了,他说:"你有什么权利这样做?你是家里的太阳,没有你这个家就没有光亮了,若不是你,我如何会这样能干?子棋又如何能考上大学呢?这个家已经出头了,你也快好起来了。"

李克服温暖的话语仿佛还在耳边清晰可闻,但是今天他却跑得人影不见。他真狠得下心,他去了深山无疑是再也不会回来了。吴子棋知道他热爱森林,他讲起森林的故事总是眉飞色舞,他现在终于如愿以偿。吴子棋望着院子里空落落的三轮,他蹬着三轮去了一趟家政公司,然后又去了一趟交警支队,从那里领取了一笔丰厚的赔偿。

"那天雾很大,能见度很低,所以我们最终排除了死者有故意制造车祸的迹象,对不起。"交警支队队长将一张银行支票交给吴子棋,然后拍了拍吴子棋的肩膀。

吴子棋将这笔钱给了母亲,告诉她他们得到一家媒体的帮助,这是好心人捐的。周亚兰却微笑着问吴子棋这几天去了哪里,不待他开口,她又说:"我知道你去了森林,我闻到了森林的味道,李克服第一次来家里也是这种味道,他是属大象的,他回家去了。"周亚兰说这话时眼里有泪花,显然她什么都知道了,母子俩的秘密在这个早晨被戳穿,他们抱在一起淋漓尽致地大哭了一场。

夜晚,吴子棋在百度里搜索"森林象",里面说森林象在预知死亡的时候会躲到无人知晓的森林深处保护它的象牙。李克服像大象一样孤独地隐没在森林深处,却给这个再一次残缺的家庭留下了他珍贵的象牙。

抢 戏

相裕亭

康乐小区东门口，有个修车的老黄头，怪有趣！看他跟个焐蛋的老母鸡似的，整天守着那堆旧车辘轳、破车胎，来来回回摆弄那些油腻腻、脏乎乎的车轴承、脚踏板，一双硬扎扎的大手，跟枯树根似的倒不过弯来。可谁又能料到，就是那样一双手，摸过二胡、三弦，却能演奏出优美动听的乐曲。

老黄早年在下面一个县文化馆做电工，见天扳手、起子不离身，闲暇时，义务帮人家修补车胎、配钥匙啥的。后期，他跟文化馆里一个副馆长学会了拉二胡、弹三弦。退休后，陪老伴一起进城看孙子，其间，闲着无聊，他便拾起当年修车、补胎、拉二胡的把戏来。

眼下，每到傍晚，忙活了一整天的老黄，便把他的二胡、三弦从修车柜里摸出来。老黄的修车柜，镶嵌在一个随时都可以蹬走的三轮车箱里，上上下下有五六层，他把二胡、三弦，还有一个简易的乐器架，放在最上面一层精心呵护着。

老黄的乐器一响，小区门口卖凉粉、摊煎饼、炸果子、做大饼、蒸米糕的，以及推着板车卖花生、瓜子、干红枣的小摊贩儿，相继都会靠拢过来，老黄这边人气旺！

小区里，外出散步、过往行人无不驻足观望。其间，有个穿黄马甲的豁牙子老头负责那条路段的环境卫生，他整天混在老黄的修车摊上说笑，大伙儿叫他"豁牙子"。他一听到老黄这边的乐器声，抱着手中的扫帚准会挤到老黄跟前，拾起地上的扳手、螺丝刀什么的铁器家伙，对着旁边的铁皮盒子或是什么硬家伙打起板子。尽管豁牙子所敲打的板子，声声都打在拍节子上，但，老黄时不时地还要用脚踢他一下！原因是，豁牙子抢戏。那个看似有点傻乎乎的豁牙子，都五六十岁的人了，还跟个孩子似的人来疯，看到围观的人里三层外三层，他会把敲板子的声音弄得格外响亮！

老黄很烦他，但也离不开他，尤其是他的二胡、三弦响起时，豁牙子若是不在跟前，老黄的眼睛就会四处寻找他了。

那样的时候，若是有人来修车、补胎，老黄手持二胡或三弦，会冲你微微地眯着眼睛摇摇头，示意他今天不修车了。你若愣是站着不走，豁牙子或是旁边站闲的人会指给你，前面不远处的马路口，还有一家修车点，建议你到那边去。

老黄摆弄起乐器时，非常投入！他演奏的曲子，大都是前些年流行的老歌，如《小白杨》《红梅赞》《莫斯科郊外的晚上》等。有时，他也演奏电影《地雷战》《地道战》《青松岭》《铁道游击队》里面的插曲。其间，时不时地会有人扯起嗓子附上一曲。小区门口，有个卖馒头的小媳妇会唱《浏阳河》和京剧里李铁梅的唱段《奶奶你听我说》，一旦老黄的二胡演奏到那两首曲子时，那个白胖胖的小媳妇情不自禁地就跟着唱起来，唱到动情时，她还会手持大馒头，来个绷腿、挺胸、高扬手臂的曲美造型！逗得在场的人都"噼噼啪啪"地鼓掌。

无意间，老黄的修车摊，成了周边居民们娱乐的小舞台。

每天傍晚，小区里会唱歌、会摆弄乐器的，尤其是年岁长一些的人，都会往老黄的修车摊这边凑。有的人，还把自家的竹笛什么的拿来与老黄的三弦、二胡和上一曲。

那样的时候，老黄的修车摊格外热闹！

时隔不久，市电视台《走基层》栏目，发现老黄的修车摊是个"亮点"，主动找到老黄，商定要给他录制一档节目，标题大致定为《老黄的快乐生活》，电视台的编导叮嘱老黄，让他回去好好准备一下。

这下，老黄可得意了！当晚到家，老黄把这事一说，老伴、儿子、儿媳都很高兴，尤其是老黄正读小学的宝贝孙子，一听说爷爷要上电视了，高兴得直在床上翻跟头，并打电话告诉他们班许多小朋友。

可转过头来，一家人讨论老黄以什么样的形象出现在荧屏上时，发生了争执。老黄的意思是该咋的咋的，老也老了，还讲究什么形象！小孙子不干，小孙子指出爷爷的手太脏，指甲盖里尽是脏乎乎的灰泥，那样上电视，他们班的小朋友看了，会说爷爷不讲卫生的。再就是儿媳戏说公爹修车时，胸前围的那件脏围裙，刀片一刮，能刮下二斤油腻来！一旁的儿子倒是没有说啥，可晚饭后，儿子领着老爸，到后街金沙江浴池，好一番搓洗。

第二天，老黄闪亮登场！他穿着儿子的一件黑西装，系着花领带，头上戴着前年去内蒙古旅游时买的一顶紫红色的礼帽，出现在他往日的修车摊前。电视台前来录制节目的人大吃一惊！但，碍于现场的各种设备都已经准备就绪，一切只好按部就班了。

问题是，三天后，电视台播放那档节目时，大部分镜头都集中在那个打板子的豁牙子身上了。其中，还给了那个卖馒头的小媳妇一个绷腿、挺胸、手持大馒头的曲美造型。对于老黄，只扫了一下他的侧影，似乎连他好不容易洗干净的那双大手，都没有闪一下……

为此，老黄感到很失望！一连数日，他没再摆弄乐器，反而无端地忌恨起豁牙子，还有那个卖馒头的小媳妇！他睬都不想睬他们了。

大卫就诊

刘会然

大卫突然感觉后脑勺隐隐作痛。大卫想,自己的脑袋从出生到现在都没有痛过,怎么会突然痛起来呢?

大卫认为不能小觑,脑袋可是一个人的指挥中心,万一出现了一点差错,人可就……

大卫不敢多想,骑上电动车就往镇中心医院赶。

见到大夫,大卫就说:"我后脑勺痛。"大夫说:"还是先做 CT 吧。"大卫说行。

CT 很快好了,大夫仔细地看了一番,说:"没有发现明显异常,但为了安全起见,我建议你再检查一次。我们刚从市里引进了一台最先进的 A 型检测仪,对大脑的检测有独到的效果。"大卫想了一下,说:"再查查也好。"

很快,A 型检测仪出结果了,也没有发现异常。大夫开了数盒补脑药给大卫,说:"你这头痛病没有什么大问题,吃几天药就会好。"

一周后,大卫的后脑勺还是隐隐作痛。大卫不敢怠慢,马上搭汽车去市里最好的医院。

见到大夫,大卫就说:"我后脑勺痛。"大夫说:"还是先做 CT 吧。"大卫赶紧说:"我在镇医院刚做过 CT。"大卫边说边把镇医院的 CT 片递给大夫。大夫赶紧摆手:"你们那个镇的仪器检测出来的报告是全市最差的。"大卫说:"那得重新查吗?"大夫反问:"你说呢?"大卫咬咬牙说:"行。"

CT很快好了,大夫仔细地看了一番,说:"没有明显异常,但为了安全起见,我建议你再检查一次,因为我们刚从省里引进了一台最先进的AA型检测仪,对大脑的检测有独到的效果。"大卫想了一下,说:"再查查也好。"

很快,AA型检测仪出结果了,也没有发现异常。大夫开了数盒补脑药给大卫,说:"你这头痛病没有什么大问题,吃几天药就会好。"

一周后,大卫的后脑勺还是隐隐作痛。大卫不敢怠慢,马上搭火车去省里最好的医院。

见到大夫,大卫就说:"我后脑勺痛。"大夫说:"还是先做个CT吧。"大卫赶紧说:"我在市医院刚做过CT。"大卫边说边把市医院的CT片递给大夫。大夫赶紧摆手:"你们那个市的仪器检测出来的报告是全省最差的。"大卫说:"那得重新查吗?"大夫反问:"你说呢?"大卫咬咬牙说:"行。"

CT很快好了,大夫仔细地看了一番,说:"没有明显异常,但为了安全起见,我建议你再检查一次,因为我们刚从首都引进了一台最先进的AAA型检测仪,对大脑的检测有独到的效果。"大卫想了一下,说:"再查查也好。"

很快,AAA型检测仪出结果了,也没有发现异常。大夫开了数盒补脑药给大卫,说:"你这头痛病没有什么大问题,吃几天药就会好。"

一周后,大卫的后脑勺还是隐隐作痛。大卫不敢怠慢,马上乘飞机去首都最好的医院。

见到大夫,大卫就说:"我后脑勺痛。"大夫说:"还是先做个CT吧。"大卫赶紧说:"我在省医院刚做过CT。"大卫边说边把省医院的CT片递给大夫。大夫赶紧摆手,说:"你们那个省的仪器检测出来的结果是全国最差的。"大卫说:"那得重新做吗?"大夫反问:"你说呢?"大卫咬咬牙说:"行。"

CT很快好了,大夫仔细地看了一番,说:"没有明显异常,但为了安全起见,我建议你再检查一次,因为我们刚从国外引进了一台最先进的AAAA型检测仪,对大脑的检测有独到的效果。"大卫想了一下,说:"再查查也好。"

很快,AAAA型检测仪出结果了,也没有发现异常。大夫开了数盒补脑药给大卫,说:"你这头痛病没有什么大问题,吃几天药就会好。"

一周以后,大卫后脑勺还是隐隐作痛。

大卫突然想起了头痛前曾经去理过一次发。大卫找到理发的小王理论,说:"我上次到你这里理发后就后脑勺隐隐作痛,你要承担我头痛的责任。"小王平静地说:"可能是上次你还没有吹干后脑勺就离开了吧。"

小王把大卫按在转椅上,用吹风机对准大卫的后脑勺猛吹了三分钟。大卫抗议道:"吹风机是什么狗屁治病仪器? 你难道以为我是脑子进水了吗?"

一周后,大卫的后脑勺不痛了。

卖保险的女人

申　弓

这天,我在柳镇的车上,拾到了一部手机,紫红色的,小巧玲珑,不知是哪位粗心的人丢失的。我不是想据为己有,只是我不拾,别人拾去,说不定就会将卡除掉,换卡使用,或者将来卖给别人。

我说过,我不想据为己有。因为那手机开着,我也没有将它关闭。我想,失主一定会打过来的。正想着,那手机奏起了美妙的乐曲,好像还是一曲萨克斯。本想立即接听,见那曲子动听,便贪婪地多听了一会,这才按了接听键,"你好!"一个比乐曲更美妙的女声传了过来。

"请问先生,这机子是我的,是你拾到的吗?你可以还给我吗?"

我说:"是的,不过……"

"不过什么?我会酬谢你的。"

"我说的不是这个意思。"

"要不,你留下机子也行,只要你将卡还我就行了。"

"什么这么重要?"

"是电话号码簿。"

我们约好了在这里交还,这样我不用挪动了,就在等着。趁等的时间,我打开了手机的电话簿,一看,果然满当当的,其中还有一个是我的号码呢,只是我已经换号了,那是一年前的号,不知道她从哪里搞到的。可惜,我也从来没有听到过这个美妙的声音。

一会儿，她来了。我将机子交还给了她，她一定要酬谢。我说："难道还给你是想要你的酬谢吗？"我们便相互地笑笑，算是认识了。

认识的下一步，便是交换电话号码。当我将我的号码报给了她，她在保存时不动声色地说："怎么称呼？"

我报出了姓名。只见她猛按一气，然后抬起头来莞尔一笑："啊，原来早有了你的存在，可怎么改了？"

"是的，一年前便改了。"说实在的，她那个莞尔的笑很好看，让人过目不忘。

可难忘也得忘，她是保险公司的。我向来对两种职业的女人持有异见，一是直销，二是保险。印象中她们就像是缠人的蛇，只要认识你，或者是知道你的电话，就会抓住你不放。

不过，对她，却是想忘也忘不了。慢慢地，我们成了朋友。

那一次，我应邀到五百里外的一个市去出席个庆典活动。想到一个人驾车的寂寞，便邀上了她，她欣然同意。

上了车，她就一头沉浸在电话里，打完了一个又一个，都是宣传她们的工作意义，还有重要性和实用性。听得出，她还答应了一个又一个的要求，说等回来时再聚。

好不容易才停歇下来，正想说说话，手机又响了，又是约她吃饭的。这次她答应得挺爽快，说："行，不过，得带上个女友。"对方便不说了。

回来之后，忙过了一阵，我也想到要跟她吃个饭聊聊。一个电话打过去，她也极爽快地答应了，临了说："两个人太冷清了，不如多邀个靓女吧。"碍于面子，我只好答应了。不久，便来了一位五大三粗的大姐，说话的动静跟人的体魄一样，嗓门儿也是大大的，特别是笑声，肆无忌惮，整个餐厅都将目光投到我们这一桌来。

我便快快吃完，结账走人。在车上，她还是不停地打电话。对方似乎都是男性居多。约莫打了十来个，这时又是一个来电。听得出那男声挺大，说了一些不咸不淡的话,然后说他那保险有问题,要求她现在就去他的办公室谈。

她却十分坚决地说:"不去!"

"不来怎么办?"

"退保。你明天到我们保险办公室来,我给你退!"

"退?那差额怎么办?"

"差额由我个人付!"

我也就忍不住了:"看你好不容易才谈成一单,怎么可以轻易退掉?"

"是不容易,不过,像这种人,我宁可不做他的生意。"

"这人怎么了?"

"他呀,一副无赖相,要求我跟他开房。"

"哦,是这样。"

"其实干我们这行还真不容易,外边的人都误认为我们是靠色相来吸引顾客,其实不然。我们有两个同事,就是因为把握不好,跟人家上了床,她们的职业也就做到头了。我呢,前车之鉴,我不能这样,我要靠自己的人格魅力。"

我将车子停了下来,眼瞪瞪地看了她一会儿。

"怎么这样看我?不认识?"

"是的,重新认识了。"

屋顶上的油菜花

刘靖安

　　种了几十年的地,突然闲下来了,刘老汉的心里闷得慌。

　　傍晚,儿子大强和二强下班回来,刘老汉对他们说:"我又可以种地了。"大强说:"做梦吧你,你当不成农民了。"二强说:"是啊,你想种都没地呀,别东想西想的了,安心享你的福吧。"刘老汉说:"这个,你们别管。"

　　第二天,刘老汉起了个早,他找出了尘封已久的锄头、扁担、筻篼,自个儿去了野外。没多久,刘老汉就挑回一担泥土,一直挑上了楼。

　　全家人疑惑不解,便尾随其后。

　　挑上屋顶,刘老汉放下担子,蹲在一边喘气。上了年纪,体力差了。刘老汉一边揩汗水,一边自言自语。看见大强二强他们,刘老汉就指着筻篼说:"把土倒出来。"大强没动,二强也没动。大强说:"你,要在这上面种地?""不可以吗?"刘老汉懒得多说,他自己起身,倒掉泥土,又挑着担子下了楼。

　　刘老汉决定的事,五匹马都拉不回头。看着刘老汉的背影,大强二强只有苦笑的份儿。

　　"让他去吧,我们不管了。"大强说。

　　"就是,折腾累了,趴下了,自然就收场了。"二强说。

　　可是,刘老汉的身子骨好像偏偏和大强二强作对似的,迸发出了无穷的活力。第一天下来,刘老汉觉得肩酸背痛的,就自己揉了揉,捶了捶,睡一觉

149

起来，又接着干了。第二天下来，刘老汉自我感觉还好，肩没昨天酸了，背也没昨天痛了，干脆不揉也不捶，吃过晚饭，就躺到了床上。后来几天，刘老汉不但挑得多些了，还走得快些了。走起路来，地皮都打颤。刘老汉发现，自己好像年轻多了。

第十天，屋顶已经倒满了厚厚一层泥土，看不见一丝灰白的底色了。

刘老汉花了两天工夫，把土弄平了，把大块的捣碎了。然后，他掏开一小块地方，张开拇指和食指，量了量泥土的厚度。

薄了薄了。刘老汉一边摇头，一边拿起了扁担。

刘老汉一连又挑了三天。

一块地，在刘老汉的手里，终于诞生了。

那天晚上，刘老汉把全家人叫到屋顶，兴奋地说："你们看看，种什么合适？"

"种什么都行，反正不能种水稻。"大强说。

"还用你说，三岁娃儿都晓得。"女人呛了大强一句。

"种小麦吧。"二强说。

刘老汉没有肯定，也没有否定，而是走到孙子刘星面前，说："刘星，你说种什么好呢？"

刘星抠了抠后脑勺，然后像发现新大陆一样："种油菜，我好久没见过油菜花了。"

"好吧，听刘星的，就种油菜。"刘老汉一拍大腿，就像拍卖场落下的锤音，没人再反对了。

油菜，终于种上了。

刘老汉每天做的事，就是三顿饭后，守着那块地，先是想象着油菜发芽、出土，然后，看着油菜生长。有时，他看一株油菜，一看就是老半天。油菜越长越高了，他又忙着锄草、施肥，干得不亦乐乎。

油菜，终于开花了。

粉黄色的花朵铺满了屋顶。远看，金黄的一片，像一片金黄的云彩，飘浮在空中,凝固在刘老汉家的房上。

人们都不敢相信自己的眼睛。油菜花怎么跑到刘老汉家屋顶上去了?人们互相傻傻地打听着。为了一看究竟,相信的人,不相信的人,都到刘老汉家来了。

刘老汉把他们一批一批带上了屋顶。

看够了,就有人说:"刘老汉,看不出来,你还挺有创意嘛。"

还有人说:"刘老汉,你这么大岁数的人了,还挺浪漫的嘛。"

刘老汉搓着手,嘿嘿地笑。

傍晚时分,送走最后一批客人,刘老汉站在菜地边,看着远远近近被围墙圈起来的田地,心里的喜悦一点点地消失了,代之而起的,是一些说不清道不明的惆怅。

楼下,大强在喊刘老汉吃晚饭了。

刘老汉答应着,下楼。突然,他的脚下一虚,从楼梯上滚了下去。

刘老汉住进了医院。

医生说,刘老汉是内伤,很重。

临终时,刘老汉拉着刘星的手,看着大强和二强,说:"保住屋顶那块地,继续种下去。"刘星没回答,只是喊着爷爷,哭着。

突然,刘老汉看到了刘星身上那些星星点点的油菜花粉,笑容就露了出来。

人们都说,刘老汉含笑而终,走得很安详。

简单爱

芦芙荭

　　他和女孩在大学里相恋了三年。毕业后由于工作的原因,女孩留在了他们上学的那座城市,而他却不得不暂时去了另外一座城市工作。

　　两座城市虽然相隔数百里,可他们却相爱如旧。

　　两座城市,两部电话,叙说着两个人的相思。

　　有一天,他突发奇想,想悄悄去看看女孩。女孩总是在电话里埋怨他不够浪漫。他想浪漫一回,通过这种方式给女孩一个惊喜。

　　于是,他赶紧买了去那个城市的车票。

　　他坐了一宿的车,在第二天清晨回到了曾经给了他许多美好回忆的城市。

　　他有些惊喜,又有些惶恐。记忆中的这个城市,竟然变得如此陌生。

　　他去花店里买了九十九朵玫瑰花。他赶在上班前,去了女孩单位的门口,像一个猎人一样守候在那里。他想等女孩出现时,悄悄地尾随在女孩的身后,再拨通她的电话让她回头。蓦然回首,我就在你身后。想到这样的场景,他自己都有些激动不已了。

　　女孩终于出现了。

　　他拨通了女孩的电话。

　　他说:"在干吗呢?"

女孩说："正想你呢。"

他说："胡说了吧，我听见你的脚步声了。"

女孩说："正走在上班的路上。"

他说："今天穿啥衣服上班？"

——这是他们以前经常玩的一种游戏。

他看见女孩抬起头东张西望着，说："你猜。"

他故意说："我猜不出来。"

女孩下意识地扭了一下身子，撒娇说："我就要你猜嘛。"

于是，他照着女孩的穿戴，从头上开始，一点一点地往下说。哈哈，这样的效果果然不错。说到后来，他看见女孩由于惊奇，脸上的表情都有些夸张了。女孩那好听的笑声不用电话，他都能听得清了。

挂了电话，当他捧起地上的花，准备向女孩走过去时，突然，一个男孩出现在了女孩的身边。男孩的手里拿着两份早点，是最普通的那种早点：豆浆、油条，还有茶叶蛋。男孩将早点递给了女孩一份，两个人就坐在路边的台阶上吃了起来。女孩剥好一只茶叶蛋，又剥好一只茶叶蛋。她顽皮地将两只茶叶蛋举在面前，让男孩挑选。两只一模一样的茶叶蛋，却在他们的嬉闹中挑选了老半天。他看见女孩看男孩挑选茶叶蛋时的眼神是那样的幸福。

一切都是那样的自然，女孩吃着茶叶蛋时，甚至将头靠在了男孩的肩膀上。

看着眼前的一幕，他将捧在手上的花放在了身边的一株小树旁。然后，他掏出笔写了一张卡片："请把这束花送给你最爱的人。"

他回头看了女孩一眼，又看了一眼，一转身，走了。

这一次，他再没有回头。就这样，一直走到车站。当他从售票员的手里接过返程的车票时，他掏出手机，给女孩发了一条短信："我来你的城市了。"

过了一会儿，女孩回了短信："哈，哄鬼去。"

他抬起头，看着晴朗的天空，回复道：

"真的，就在刚才，我看见你和一个男孩，坐在雨中的台阶上，一起吃早点呢。"

"乖，好好上班吧，我们这里正晴空万里呢。"

当天晚上，他就回到了他工作的城市。他原以为，两个人两座城市，相隔几百里地，是个很远的距离呢，现在想想，也就是一个晚上的距离。

他走出车站时，才发现，他工作的这个城市此时正笼罩在一场蒙蒙细雨中。他站在雨地里，掏出手机给女孩发了一条短信："对不起，我们分手吧。"

尖 叫

芦芙荭

　　小北在后村租住的房子,是个单间,面积也就十五六平方米。这样的房子冬天冷夏天热。冬天冷没有好办法,只有死扛。到了夏天,情况就不一样了。大家就把楼顶打扫干净,干脆铺了凉席,睡在楼顶上。

　　这样的睡法很有意思。单身的男人,一张小凉席,随便找个地方一铺,呼噜呼噜就能睡。小两口大多是找些偏僻且靠墙的地方,女的贴着墙壁,男的则睡在外面起个保护作用,以防那些别有用心的人。要是单身女性,就比较谨慎小心了。如果还有单身女性的话,她们则结伴而睡,一排子过去,阵容整齐;若是只有一个单身女人,反倒是选择单身男人多的地方——她深谙越是危险的地方越是安全的道理。

　　小北是个单身男人。单身的小北,还比较单纯,睡觉就睡觉,没有别的想法。他只是觉得这样的睡法很有意思,热闹。当然,要是有些女人的睡衣太过暴露,也弄得他的心咚咚地跳几跳,但跳跳也就跳跳,容不得你有多余的想法。

　　老相就不一样了。老相也是个单身男人,不同的是,老相是个结过婚又离了婚的男人。这样的男人,见多识广,脸皮厚,一到楼顶上睡觉,那双眼睛,就像不懂事的小屁孩儿一样,一点也不安分,专拣那不能看的地方看。

　　问题是,女人们竟然毫无觉察和防备。

那个叫凤儿的女孩就是这样的。

小北从心底里一直喜欢凤儿，他一直担心像凤儿这样的女孩在老相这样的男子面前吃亏。

老相有事没事就喜欢和凤儿搭话。凤儿呢，没心没肺的，丝毫觉察不出老相的不怀好意。老相一搭话，她就把两只耳朵竖得跟那旗杆一样，好像老相的话是道大餐，听得一副津津有味的样子。时不时还咯咯咯地笑，一副挺配合的样子，这让老相说起话来更加放肆。

有一次，大家伙儿刚在楼顶铺好凉席，凤儿就缠着老相，要老相讲故事。老相的贼眼就跟舌头似的，在凤儿的身上舔来舔去，然后，他就鸭子似的嘎嘎嘎地笑着讲了一个段子。

老相说，早先的时候，他们村里有个男孩谈了一个对象，有一天，男孩把女孩带回了家，可男孩家里穷，只有一间房，一张床。晚上睡觉时，男孩和他父亲睡一头，女孩呢，只好和男孩的母亲睡一头。

男孩有了心事，翻来覆去怎么也睡不着。折腾到半夜，听到他父母亲响起了鼾声，于是也假装睡着的样子，一边打着呼噜，一边给女孩传话过去："呼——呼——想了，想了。"

女孩听了男孩的话，也装作睡着的样子，说："呼——呼——过来吧，过来吧。"

女孩的话刚说完，就听父亲的鼾声响了起来："呼——呼——不敢，不敢！"

没想，父亲的话音一落地，母亲的鼾声就响了起来："呼——呼——尽他去，尽他去。"

老相的段子一讲完，凤儿竟然笑得差点背过气去。她一边笑，还一边用她的小拳头去打老相："你坏死了，坏死了！"

这让小北很生气。他戴上耳麦，假装听音乐，其实那音乐根本就没打开，他只是用这样的方式来表示对老相的不屑。

转眼，就进入伏天了，天气更热了，小北发现，凤儿似乎和老相走得越来越近了。

一天晚上,大家听完老相的故事后,相继睡去。楼顶上一时鼾声此起彼伏,夜也渐渐地深了。

就在这时,一声尖叫划破了夜空。是女人的尖叫。大家都被这尖叫声给吵醒了。

尖叫声就是从楼顶上睡觉的人群里发出的,可大家坐起身后,面面相觑,个个都一脸无辜的表情。没有一个人承认叫声是从自己的嘴里发出的。

那尖叫声就成了一个谜。不过,从第二天晚上起,再也没有人上楼顶睡觉了,那尖叫声让所有人都心有余悸。

一年后,小北和凤儿终于走到了一起。

正是夏天,屋子里异常的闷热,可还是没有人上楼顶睡觉。去年夏天的那声尖叫似乎还在人们的心里游荡。

凤儿就埋怨说:"都是去年那尖叫声给弄的!"

小北却笑了。小北说:"要不是那声尖叫,我们能走到一起吗?"

感谢那条蛇

马均海

三中校园南边不远处,有一片美丽的桃树林,每年桃花盛开的时候,那里是郭小向最喜欢的去处。

那天午后,春光明媚,和风拂面,郭小向手握书卷,在花丛中信步徜徉,忽然发现同班女生梅雪也在林中读书。梅雪穿一件鹅黄色的上衣,两条长长的辫子,一条甩在脑后,一条搭在胸前,她那秀丽的脸庞在桃花的映衬下,显得更加妩媚动人。此刻,望着天生丽质的梅雪,郭小向心里升腾起一种从未有过的美感,他觉得梅雪太漂亮、太可爱了……他如醉如痴地凝视着梅雪,也不知望了多长时间,手中的书本什么时候掉落在地上都不知道。一只彩色的蝴蝶,从远处翩翩飞来,轻轻地落在梅雪玫瑰红的发卡上,郭小向欲上前捉住蝴蝶,好趁机跟梅雪说几句话,可就在这时,刘沙突然出现在梅雪的身边。刘沙背着画夹,不知跟梅雪说了些什么,两人有说有笑地走出了桃树林。望着他们亲密的样子,郭小向心里顿时像打翻了五味瓶,有说不出的失落和难受。

郭小向走出桃林,好像从迷幻的梦境里醒来,下午上课时,他没有把注意力集中在黑板上,而是用眼睛的余光不断地偷视坐在左前排的梅雪。晚上,他躺在灯光昏暗的宿舍里,辗转难眠,一闭上眼睛,梅雪那娴雅的姿态和迷人的倩影就会出现在眼前。他暗下决心,从明天起,要发奋学习,从各方面提升自己,用突出的成绩去塑造自己的形象……

每天清晨,起床的钟声还未敲响,郭小向就起来了,他不是在教室里演算数学题,就是到校外僻静的地方背诵俄语单词和课文。在完成当天的学习任务后,他利用业余时间开始如饥似渴地阅读古今中外的文学名著。经过一段时间的努力,他的写作水平有了明显提高,多次受到老师的表扬。在那次学校举办的作文大赛中,他获得了一等奖,参赛作品还登在了校刊上。他欣喜若狂,激动不已,拿着散发着墨香的刊物让梅雪看,梅雪只是淡然一笑,什么也没说。郭小向心里很不是滋味,但他并没有退却,仍然想方设法去接近梅雪。在一次晚自习课上,一道三角函数题难住了梅雪,郭小向察觉后,便犹犹豫豫走过去,怯生生地说:"梅雪,这道题我会解……"不料,他还没把话说完,梅雪合上书本就站起来走了。更使他生气的是,坐在后排的刘沙向他投来鄙夷的目光,面部还流露出一丝讥笑的表情。郭小向很尴尬,他意识到,梅雪根本就看不起他,似乎还有点讨厌他。郭小向很苦恼,而且苦恼了很长时间。

那年麦假后不久,学校组织学生到黄河南岸的农村帮助农民插秧。老师把同学们五个人分为一组,每组一块水田,每块水田的面积约有两亩。天气很热,太阳火辣辣的,水田里没有树木,阳光直射到水面上,田里湿热难耐。尽管头顶烈日,劳动强度又大,但同学们不怕苦不怕累,个个争先恐后,谁也不愿意落在后面。正当大家干得热火朝天的时候,只听见梅雪一声惊叫,脸色煞白,然后一屁股坐在了水里,张着嘴说不出话来,原来是一条水蛇缠住了她的腿,看样子她是吓呆了。她身边的刘沙见状,扔掉手中的秧苗,拔腿就跑。郭小向闻讯,急忙从远处涉水而来,溅得满身都是泥浆。他上前去掐住蛇头,不料被蛇咬了一口,鲜血直流。他忍着疼痛,用力把蛇扯了下来。幸亏那条蛇不是毒蛇,不然的话,郭小向可就惨了。梅雪醒过神来,慌忙站起,从衣兜里掏出手帕,很认真地为郭小向包扎着伤口,眼里却不停地落泪……

几个月后,冬季征兵开始,学校积极响应祖国的号召,动员适龄学生应征入伍。那一年,三中的许多学生都穿上了军装。很快就要离开故乡和母校,就要离开朝夕相见的梅雪了,郭小向心里有种难以形容的忧愁和悲伤,他虽然觉得梅雪不喜欢他,但他也舍不得离开她啊……临走那天,在中牟火车站,眼看就要登上西去的列车,郭小向忽然听到梅雪的喊声。梅雪气喘吁吁地跑到郭小向跟前,把一个布包塞到他的手里,红着脸说:"小向,这是我送给你的礼物,现在不要看,到了部队再看吧。可别忘了给我写信啊……"郭小向满腔的悲愁顿时云开雾散,他第一次握住梅雪的手,眼里闪动着泪花,真想痛快地哭出声来。

郭小向有意扫了一眼身边的刘沙,发觉刘沙的表情很沮丧。

我的名字叫罗斯

郁葱　编译

开学第一天,教授在做了自我介绍之后,问我们同学之间还有谁不认识。就在我站起来四下观看时,一只温柔的手拍在我的肩膀上。

我回头一看,发现是一位满脸皱纹的娇小老太太正在朝我微笑。尽管她年事已高,可看上去非常阳光。

"你好,帅小伙。我叫罗斯,今年八十七岁。我可以与你拥抱一下吗?"她问我。

我朝她笑了笑,热情地回答道:"当然可以!"于是,她给了我一个紧紧的拥抱。

"您都这么高龄了,怎么还想上大学?"我不解地问道。

她打趣地回答说:"我是来找一个有钱的丈夫的,然后与他结婚生子……"

"你不是在开玩笑吧?"我问。我很好奇,是什么使她在如此高龄还来挑战自己?

"我一直想受到大学教育,现在我终于如愿了!"她对我说。

下课之后,我们一起走向学生会大楼去喝巧克力奶。

我们很快成为朋友。接下来的三个月,我们每天都一起离开课堂,路上我们总是有说不完的话。我很喜欢听这个"时间机器"的故事,她也乐意与我分享她的智慧和经验。

在校园里,罗斯成了大家的偶像。不管她走到哪里,都能很容易交到朋友。她爱打扮,总想引起别人的注意。看得出,她很开心。

在学期结束时,我们邀请罗斯在我们的聚会上讲话。我永远都不会忘记她对我们的教诲。她在被介绍之后,精神饱满地登上演讲台。就在她开始演讲时,她把事先准备好的几张卡片扔到地上。

她有点尴尬地靠近麦克风说:"对不起,我很紧张。大斋期间,我戒啤酒了,而威士忌又要我的命!我讲话总是语无伦次,所以,我就知道什么讲什么吧!"

就在我们笑她时,她清了清嗓子开始了她的演讲:"我们不能因为我们老了就停止玩耍。人停止玩耍,才会真正变老。

"要想保持年轻,只有四个秘诀,这就是:要开心地实现成功、要笑对人生、每天要发现幽默、生活要有梦想。没有了梦想,人活着也就没有了意义,那与死了还有什么两样?我们身边有很多活着的死者,只是我们不知道而已!

"人变老与成长是有很大区别的。

"如果你今年十九岁,在床上躺一年,什么事都不做,你会变成二十岁。我今年八十七岁,在床上躺一年,什么也不做,我将变成八十八岁。

"每个人都会变老,但变老不需要才能。成长则不同,是在寻找变化的机会。人来一世,千万不要给自己留下遗憾。

"老者通常对他们做过的事情没有遗憾,但不做倒会留下遗憾。害怕死的人都是那些有遗憾的人。"

她以一首《玫瑰花之歌》结束了她的演讲。

她要求我们每个人都把歌词记住,并在日常生活中践行歌词。年终,罗斯结束了她的大学学习。可刚毕业一个星期,她就在睡梦中平静地离开了人世。

为了表示对这位给大家做出榜样、活到老学到老、令人惊奇的女人的敬意,两千多名学生出席了她的葬礼。

收费标准

庞启帆 编译

　　一个女孩要到欧洲旅游,她的朋友请她带一只猴子过去。女孩走的是海路,她把猴子装进笼子,提着它去办了健康证明、检疫合格证。最后,她还必须到海运公司办理携带动物乘船的许可证。

　　海运公司从没给猴子办过乘船许可证,这让办事员很为难,但他还是满脸笑容地对女孩说:"小姐,您先看看这个。"说完,递给女孩一张乘客携带鸟类、猫和狗的收费标准。表上的数字表明,鸟类的收费最低,猫次之,狗最高。

　　"从没有旅客带猴子乘船,所以我们还没有拟定收费标准,不过,请您放心,我可以办妥这件事。我看,就按狗来收费吧!"

　　女孩一听,立刻抗议:"按狗收费?为什么不按猫?"

　　办事员讪笑一声,说:"小姐,请您不要生气,因为……因为要是把猴子划归某一类的话,我看它更接近狗。"

　　"我可看不出猴子和狗有什么相似之处。"女孩冷冷地说。

　　办事员挠了挠头,笼子里的猴子也模仿他挠了挠头,办事员被逗笑了,说:"您看这个小东西像猫吗?"

　　"我可没说猴子像猫,"女孩嘟着嘴说,"我只是想知道,您按最高标准来收费的依据是什么。依我看,它可以被当作一只鸟,您看它不是装在笼子里吗?"

办事员又笑了："按小姐您的意思，凡是装在笼子里的都是鸟！不过，谁都知道，鸟有两条腿，而猴子有四条腿。"

"如果按您所说，我就是一只鸟，因为我也只有两条腿。"女孩毫不示弱。

办事员又讪笑一声，挠着头道："可问题是个头……"

"个头怎么了？鸵鸟和蜂鸟不都是鸟？"

来办手续的其他旅客都凑过来看热闹。

"依我看，可以按猫来收费，"一位三十多岁的绅士说，"因为猴子会上树，猫也会。"

绅士的意见博得了女孩感激的一笑，办事员却不高兴了："猫'喵喵'叫，猴子是这样叫吗？"

绅士一笑，说："我并没有说'喵喵'叫的都是猫。您说猴子像狗多一些，而我说它既可以当作猫，也可以当作狗，都差不多。"

"当鸟也行！"女孩插上一句。

"不行！当鸟不行！"办事员坚决地说。

这时，另一位旅客说："我可以提个建议吗？"

众人的目光唰地都转向那人。那是一个二十多岁的年轻人，只听他说："不要忘了，猴子其实最像人了，我的意思是说，这只猴子可以当作这位小姐的儿子来乘船。"

"我儿子？"女孩勃然大怒，"它是你儿子才对！"末了她又补充一句："我还没结婚呢！"

年轻人没有生气，继续笑着说："小姐，如果我的话让您觉得不舒服，我向您道歉，不过，我丝毫没有辱骂您的意思。我的意思是说，像猴子这样大小的孩子乘船无需付钱，应该免费携带。"

最后，办事员不得已打电话请来了经理。经理饶有兴致地听完事情的原委，看了看猴子，看了看那女孩，又看了看围观的旅客，大声宣布："按猫收费！"女孩表示接受，并向经理道了谢。经理点点头，然后盯着猴子又说了一句："不知大伙儿注意到没有，那不是一只公猴，而是一只母猴。"

头　发

叶仲健

　　他想睡,女友不让他睡。女友指着一撮头发质问他:"这是谁的?"那撮头发被一根细红绳束成一缕,平静地躺在一个精美的盒子里。他说:"我娘的。"女友说:"你娘的?"他说:"你不信?"女友说:"我还真有点不信。"他说:"那我给你讲个故事。"

　　他说:"这确实是我娘的头发。故事还得从十几年前说起……十二年前吧……十二年前,我娘就开始掉头发了。每天早上起来梳头,头发都会被梳子带下一大把。怪吓人的。我爹叫我娘去医院瞧瞧。我娘不去。她说她没病干吗要上医院?她说不就掉头发吗?值得那么大惊小怪吗?她说她掉头发是因为平日里太费神。她说她一直为我的婚事费神。她说我什么时候才能娶上媳妇呢?我当时才二十岁,还小着呢,可我娘似乎看到了我三十岁、四十岁的样子。她说照这样子下去,我肯定娶不上媳妇,一辈子只能打光棍儿。所以我刚到二十岁,我娘就为了我娶媳妇的事操心了。一操心,自然就掉头发。"

　　女友说:"那你现在多大?"

　　他说:"三十二岁。"

　　女友掐指算了算,差不多。

　　他说:"我娘掉头发不单单晚上掉,白天也掉。家里到处都飘落着我娘的头发。没什么大惊小怪的,农村的房子不在乎几根头发、几十根头发或几百根头发。可是当我频频在饭菜里发现我娘的头发时,就不能不当回事了。头发藏在饭菜里,拉拉扯扯,像蚯蚓似的越扯越长,越扯越长。我开始变得没胃口。我娘说我是皇帝的嘴乞丐的命。我说这跟什么嘴什么命没关系,这是讲不讲卫生的问题。我娘说下次注意就是了。可是我娘眼神不好,再注意,她的头发还是频频出现在她煮好和没煮好的饭菜里。"

女友说:"难不成你把你娘掉在饭菜里的头发收集了,当宝贝似的珍藏到现在?"

他说:"你想象力可真丰富,这撮头发是我娘的头发,但不是我娘掉在饭菜里的头发。我刚才说了,我娘做梦都想让我娶上媳妇。我在二十三岁那年带回来一个媳妇,叫苏小红,邻村的。那天我娘高兴得合不拢嘴,做了很多饭菜。可是这次饭菜里也有一根头发。如果是我发现这根头发的,我肯定偷偷把它甩掉,或是当作什么都没看见似的吃进肚子里。可是偏偏是苏小红发现了这根头发。她皱着眉头说不吃了……再后来,跟我也吹了。我伤心死了,我娘也伤心死了。我跟我娘思来想去,最后把她不要我的原因归结到那根头发上。我娘说都怪她,要不是这根头发,我就可以娶上媳妇了。"

女友说:"你后来没有再找?"

他说:"找,当然在找,一直找到我二十六岁了还在找。可是我知道这种事要靠缘分。我娘整天苦巴着脸,逢人就打听有没有谁家的闺女要出嫁。在她的打听和努力下我相过几个,都没相成。都是她们看不上我。我爹在我二十五岁的时候患病去世了。她们说我家穷,又没爹,家里就三间土坯房,都不想跟着我吃苦。所以我越相亲越没劲头,也越来越想我的第一个女朋友苏小红。我娘也是。"

女友说:"好了好了,我都被你说糊涂了。你扯得太远了,该说说这撮头发了吧?"

他说:"这撮头发确实是我娘的。我二十六岁那年冬天,我娘病了,是癌症。乡亲们凑了钱,将我娘送到市医院。我娘开始化疗。一化疗,头发就大片大片地掉,比以前掉得厉害多了。我捡起我娘掉在枕头上床铺上的头发,流泪。我娘反过来安慰我,说:'有什么好哭的,不就是掉头发吗?以前又不是没掉过;掉光了,以后就不掉了;没得掉了,叫闺女来咱家吃饭也吃不到头发了。'我哭得更厉害了。我想如果我早点谈到女孩,早点娶媳妇,我娘就不会犯愁,就不会生病了。我娘的头发是在一个清晨掉光的。最后掉下来的那一撮头发齐齐整整地耷拉在枕头上,我没舍得扔,就收藏起来了,一直收藏到现在,我还将继续收藏下去。我娘是在掉光头发的第三天去世的。临死前,我娘叫我一定要娶上媳妇,说只要我娶上媳妇,她死也安心了。"

女友湿了眼说:"你说得怎么跟小说里写的一样?"

他说:"你不信?我说的都是真的,一切都是真的。你不信可以去我老家打听打听……所以我真的很想早点结婚,我都已经三十二岁了……亲爱的,咱年底结婚好不好?"

女友眼里闪烁着泪光说:"嗯。"

女友最终还是没跟他结婚。接近年底的一天,他下班回来,发现房间里属于女友的东西都不见了踪影。他拨打女友电话,关机。他知道女友嫌他穷,没好工作,在城里也没房子。可是女友家里也很穷,前一段时间还找不到工作。他后来想,女友肯跟他谈恋爱,跟他同居,也许不是为了感情,而是为了别的。

他其实对女友撒了谎,他今年已经三十五岁。他前前后后谈了八个女友,可是没一个想跟他结婚的。他发现,不知什么时候起,他也开始掉头发。

那天,他打开那个精美的盒子,呆住了。躺在盒子的那缕头发,原本是乌黑的,但不知什么时候,变成白的了。

寻找梁山伯

叶仲健

　　我来自前朝。我也许是坐飞机来的,也许是坐火车来的,更有可能是坐拖拉机或是穿越时空隧道来的。这不重要,重要的是我是一个女人。一个男人从前朝而来,也许是为了江山,也许是为了财富,也许是为了爱情。但一个女人从前朝而来,只能是为了爱情。哦,忘了说,我叫祝英台。你应该猜出来了,我从前朝而来,是为了寻找我的梁山伯。

　　车水马龙,高楼林立,人来人往。当年,梁山伯对我说:"如果有缘,我们会在茫茫人海中再次相遇。"他说这话时,我们已经是两只蝴蝶。蝴蝶也会死亡,也会投胎转世,甚至比人类轮回得更为迅速。但我怎么也没想到人类会繁衍得如此之快。我走在街上,到处都是人,人山人海。我坚信我跟梁山伯的爱情,但我怀疑我们相遇的概率。

　　"嗨,小姐你好!"一辆自行车倏地刹在我身边。我瞠目结舌地看着他。我的脑海闪过有关梁山伯的记忆,脱口而出:"你是梁山伯!"现在轮到他瞠目结舌,他说:"你怎么知道我的网名?"我笑笑,我没告诉他,我认出他是因为他身上的一股味道。梁山伯身上也有这种味道。现代人称之为狐臭,我却认为这是一种爱情的味道。

　　就这样,我找到了我的梁山伯。现在的梁山伯依然是一个俊美的少年,风度翩翩,头发飘逸,身形颀长,浑身散发着爱情的味道,让我如此迷恋。

他约我去上岛咖啡。他盯着我的脸说："你是如此之美,一种古典的美,能让我在茫茫人海中一下子认出来的美。"我嫣然一笑："当然,小女子本就来自前朝。"他说："小姐——"我说："请叫小女子英台。"他说："英台,你今晚住哪儿?"我说："小女子初来乍到,无依无靠,你住哪儿小女子也住哪儿。"

我跟随他来到他的住处。他一个人住,房间凌乱。能让我立足的地方是一张床,床上匍匐着一条皱巴巴的丝被。我说："小女子今晚睡哪儿?"他说："你说了,我睡哪儿你也睡哪儿。"我说："那你得在床中间摆上三个碗,碗里装满水。"他说："我这里没有碗,只有可乐。"我说："可乐也行,但必须摆上五罐。"

夜深,我们和衣而睡。

第二日醒来,我发现自己窝在他的怀里,衣服已被褪掉大半。我扭起身子捶打他。我说："可乐呢? 你怎么能把可乐偷偷移开?"他说："我没有移开可乐,只不过睡到半夜,我口渴,把可乐都喝光了。"我摸了摸身下,触到一个空可乐罐。一掀被子,五个可乐罐全部呈现。其中有两个,被我们的身体压扁了。我幽幽叹道："小女子现在是你的人了,你可要对我好。"他说："当然。"

我跟我的梁山伯过起了同居的生活,没有人可以再拆散我们。

我要他为我作诗一首。他说："我不会作诗,只会唱歌。"我说："什么歌? '山无棱,天地合,乃敢与君绝'吗?"他说："不是,是《两只蝴蝶》。"

我要他为我作一幅画。他二话不说,接过笔纸,涂画两下,递给我看。我顿然羞红了脸,因为上面画的是一个女人的裸体。

我说："你除了唱歌画裸体还会什么?"他说："还会玩游戏,斗地主、泡泡堂、反恐、地下城勇士、QQ飞车……"

可是没过多久,我发现除了我,他还有其他女人。

我逼问。他坦白。说他是有另一个女人,在另一个城市,她的网名叫祝英台,我说："不可能,她不可能是祝英台。我才是。只有我祝英台,才能让你从茫茫人海中一下子认出来。难道那个女人,也能让你从茫茫人海里一下子认出来吗?"他说:"不是,从茫茫人海里认出一个女人,只是我认识女人的一种方式。认识女人,还有更多的方式,比如手机,比如电脑,比如车。""手机? 电脑? 车?"他说:"是的,电脑可以让我更容易地认识女人,手机可以让我可以更容易地勾引女人,车子可以让我更容易地约见女人。"我说:"你不能这样。"他说:"我向来就是这样。"我说:"难道你不爱我了?"他说:"不是我不爱你,只是我也爱另一个女人。"

我心痛,眼里有泪淌落。我捧起泪水,发现手心里一抹殷红。我说:"我要走了。"他说:"你去哪儿?"我说:"回到前朝去,寻找我的梁山伯去。"他说:"我不就是你的梁山伯吗?"我说:"你是,但我属于另一个时代的梁山伯。"他说:"那好吧。"

他漫不经心的回答更让我心痛。我说:"你送给我个礼物吧。"他说:"你要什么? 电脑? 手机? 还是车子?"我说:"我不要电脑不要手机不要车子,它们让爱情变得如此脆弱不堪,我不能让它们破坏我们前朝的爱情。"他说:"那你要什么?"我说:"我只要你的一缕头发。"他龇牙咧嘴地扯下一撮,给我。我把他的头发捂在手心里,离去。

熙熙攘攘的街道上,我摊开手心。躺在我手心里的,是一缕被染红的头发。一阵风吹来,头发被吹起,丝丝缕缕,如一只只纷飞的蝴蝶。

不远处传来歌声:"亲爱的,你慢慢飞,风中花香会让你沉醉……"

街角电线杆上贴着一则寻人启事:"我院近日走失一名精神病人,女,二十五岁,身高一米六八,因失恋成疯,喜欢称自己是祝英台,有线索者请拨打电话……"

玩

杨光洲

"他爹！你现在最想干啥？你说句话呀！你可不能丢下我呀！"

妻子趴在我耳朵边喊魂。按医生的说法，我病危了，该准备后事了。她的话我听得真真切切。可是，我没法回答。我躺在病床上，鼻孔里插着氧气管，张不开口，甚至连转动一下眼球都困难。

虽然发不出声音，可是"最想干啥"这个问题却拨动着我的心弦。我在心中迅速、果断、明确地回答："玩！我现在就想痛痛快快地玩！"

这个念头在我体内生成了一股生物电流。我急促地呼吸了几下，氧气管上的过滤水瓶"咕噜咕噜"冒起串串气泡，每个气泡炸破时又都发出"玩"的声音。气泡多好玩多美妙呀，就像我写文章用的省略号，意味深长！

我听不到妻子的声音了，我看到了童年的我……

我拿木棍当枪在小胡同里和一群小孩儿玩打仗。妈妈走了过来："看你，脏成个泥猴了！只知道玩！"她像老鹰拎小鸡一样把我提回了家，"从今天起，不许再跟胡同里的小孩儿们疯玩！你会啥？只会玩！看咱院里的红红，人家才五岁，已经能背《千家诗》了。你得背唐诗，背不会不许吃饭！"

我开始背唐诗。

"噫吁嚱，危乎高哉！……"我知道了去四川的路上有大山，千万不可步行前往。若去，得乘火车，最好是飞机。当然，不去也罢。

"朱门酒肉臭,路有冻死骨。"剩饭剩菜最好放到冰箱里。天凉了要听妈妈的话,多穿衣服,不然会感冒或者冻死的。

"商人重利轻别离,前日浮梁买茶去。"姓白的诗人深夜请陌生女子喝酒唱歌,而她丈夫又恰好不在家……

我能背的诗终于超过了红红。客人夸我"乖"时,爹妈脸上直放光!可我不知道风筝是怎么飞上天的,泥鳅到底有多滑。至于四川的大山是公还是母,会不会唱"噫吁嚱",我也不知道。我只知道它在诗里,我窝在家里背它!

上了小学,胡同口独眼龙拉的胡琴声就像一只手,常把我牵过去。

"以后再往独眼龙身边跑就打折你的腿!不好好学习,就知道玩!"妈妈像大灰狼一样两眼闪着绿光!

"别吵孩子!听独眼龙拉琴说明我儿子有音乐细胞!乖儿子,明天爸就给你报个钢琴班!"爹把我从大灰狼前救出,却又对我张开虎口——钢琴有啥好玩的?比唐诗还讨厌!

我听到"叮叮咚咚"的钢琴声就觉得有好多豆子倒进了炒锅。"叮叮咚咚"声越来越快,我觉得豆子们在热锅里跳了起来,我也变成了一颗豆子。

我壮起胆子宣布不想学钢琴。

"为什么?"爸妈像日本鬼子审问小八路一样瞪着我。

"不好玩!没意思!"我大义凛然,视死如归,一副英雄气概。

"家里交一万块钱,让你学琴是为了好玩?太不懂事了,想把大人气死,是吧!"爸妈气急败坏,加重对我用刑,"好好弹!下个月考级。考不好打折你的腿!"

上了中学,爸妈迫不及待地给我报奥数班,为的是高考能加分,我只能跟心爱的足球梦中相见……

进了大学,爸妈命令我暑假不能回家,大二前要考下英语四级证,大三前拿到英语六级证,还有计算机等级证……总之,不要只知道玩荒废了学业,要为就业做准备!在外求学的我就像一只风筝,爸妈手中拽着线,遥控着我！我多想变成一只鸟，在蓝天白云间自由翱翔呀！

参加了工作，结了婚，爸、妈、妻子总是哭丧着脸提醒我："趁年轻好好钻研业务吧！咱普通人家，没靠山没背景，全指望你工作能出点成绩有出息，下班后别跟着同事瞎闹胡玩！"有这么一群文仲、范蠡相伴，我的日子过得连卧薪尝胆的勾践都不如！

上个星期，单位刚来的一名大学生竟然在背后说我没有生活情趣，还给我起外号叫"套中人""别里科夫"。欺负好人是要遭天谴的呀！我去找他理论，上楼时眼前一黑，就什么也不知道了……

恍恍惚惚，不知过了多久，我听到了哀乐。我眯着眼偷看，我竟躺在玻璃棺材里，来吊唁我的人严肃得我都快认不出来他们了。妻子哭得最起劲儿。嘿！她穿着洁白的孝服，再这么一哭，楚楚动人，比我俩谈恋爱时还漂亮！他们都认为我死了，只有我知道我还活着，多好玩呀！我不出声地偷着乐！

忽然，我看见了我儿子，他不去学校上课就该去上我为他报的奥数班呀，他在这儿干吗？

我"嚯"的一声站了起来，怒斥儿子："你不好好学习，来这儿干什么？"

"轰！"人群四处逃散："诈尸了！"

我追着儿子大喊："好好学习，千万不要贪玩呀！"

人们像非洲草原上的角马一样，乱哄哄地逃。我如狮子般猛追。好玩，太好玩了！

高墙檐下的燕子

苏三皮

当狱医委婉地告诉王德光,说他的病已经到了晚期时,王德光连死的心都有了。但是王德光还不想死,因为王德光还牵挂着他的女儿。

在监狱里,王德光的牵挂显得如此苍白无力。王德光甚至无法让女儿知道他在牵挂着她,除了给女儿写信。王德光给女儿写了很多封信,然而都被退了回来,说是查无此人。王德光隐隐地担忧,准是那个女人带着女儿改嫁了,女儿在新家会不会受委屈呢?那个女人是王德光的前妻,感情破裂后他们就离婚了。离婚后,王德光再也没有见过女儿。王德光很想见到女儿,但前妻坚决不让。前妻专制得无以复加。王德光就很颓废,破罐子破摔。到后来犯了错进了监狱,王德光就更不可能见到女儿了。王德光手里只有一张女儿六岁时的相片,每次想女儿想得慌了,王德光就只有看着女儿的照片默默地流泪。

回春的时候,牢友放风回来兴奋地告诉王德光,说:"楼下的屋檐下住进了一对燕子,它们正忙碌地一棵枯草一根羽毛地垒巢呢。"王德光病恹恹地回了牢友一个生硬的笑容,侧过头又准备睡去。牢友推了推王德光又说:"放风时你也到下面走走吧,晒晒阳光,沾沾地气,总比躺着强,看看那对燕子也好啊。俺老家有一种说法,燕子入谁家,就能给谁家带来好运气呢,说不定也能给咱们带来好运气,咱们今年都能获得减刑呢。"王德光没好声气地回了牢友一句说："你看俺都病入膏肓将死之人了，减刑有什么用呢？难道俺还能活着出去不成？"

第二天，牢友又很兴奋地告诉王德光，说："燕子的巢已经快垒到一半了，它们的速度可真快，说不定三两天就能将巢给垒出来了，然后它们在巢里产蛋，不久就可以孵出一窝小燕子来。哦耶，多幸福的一家子呀。"

第三天，牢友还是很兴奋地告诉了王德光燕子以及巢的最新消息："燕子的巢快要垒好了，它们的速度也相应地放慢了下来，它们还懂得适当地放松呢，它们时而在空中翻筋斗，时而挺着银白的肚子滑翔，它们多自由自在呀。"

过了两天，牢友又告诉王德光，说："燕子的巢已经完全垒好了，说不定接下来它们就要产蛋，就要生儿育女了。"

牢友没有想到他的话竟触动了王德光脆弱的神经。王德光一记闷拳就落在了牢友的脸上。牢友被那记闷拳打得迷糊了，不知道究竟发生了啥事，幸亏值班员及时地将王德光给拉开了。

接到报告，狱警过来处理并做询问笔录。王德光一句话也不肯交代，只是孩子般嘤嘤地轻轻啜泣。狱警从值班员那里了解到，王德光最近常望着女儿的照片和他写给女儿而被退回的信发呆，改造很消极，又不肯配合狱医的治疗，甚至偷偷把药丸给吐掉了。狱警安慰了王德光一番，又叮嘱值班员要认真落实好互监组制度，一定要看好王德光，不能让他发生什么意外。

狱警没有给王德光处分。

又过了两天，当王德光还在昏昏沉睡时，狱警通知王德光会见。

王德光完全没有想到，他竟在会见室见到了他朝思暮想的女儿。当女儿欢叫着扑进王德光的怀里时，两行热泪沿着他干瘪的脸颊流淌开来，侧过脸王德光看到站在一旁的狱警对他轻轻地点了点头。

会见回来后，王德光仿佛换了一个人，王德光不仅积极地配合狱医的治疗，还勤快地将房间拖得干干净净，明亮得仿佛一面镜子。王德光对牢友说："俺一定要好好治疗，好好改造，争取早日出监，女儿说她等着俺回来与俺团聚呢。"

　　放风时,王德光去看了屋檐下的燕子和巢。王德光望着翱翔在蔚蓝天空下的燕子问牢友:"燕子真能给咱们带来好运气吗?"

　　牢友狡黠地笑着答:"能,一定能。"

柳 元

杨海林

我的高中同学高恬在一个叫作南马场的地方做镇长。都二十多年没见过面了，不知通过什么渠道，他打听到了我的办公室电话，约我过去玩儿。

去南马场的班车在我居住的小区附近就有个停靠点，我问了问，说最多半小时就能到。

高恬说："这年头也只有你愿意坐班车——你等着，我去接你。"

一会儿车就到了。是一辆黑色的尼桑，贼头贼脑地在我身边停下。

这么多年没见，高恬还是原来的熊样，胖胖的，一脸不恼人的笑。他后面，是一个又高又瘦的司机。这个人是朱海潮，也是我的老同学，虽然变了样，但习惯和动作没变，我一眼就认出来了。

我过去上学时经常路过南马场。记忆中它是一条长长的黄泥路，路两边，是永远打着瞌睡的村庄。可是现在呢，仿佛打了兴奋剂，它喧哗了、沸腾了，和我所居住的城市并没有什么两样。

我想找一找上学时经常路过的那片油菜花地，还有那只蜷着身子睡觉的黄狗，然而，它们连同那栋小小的黄泥房子，都不见了。

同学三个在一家饭店喝酒。开始时，大家都很兴奋，高恬一个劲儿地说："我是在一张报纸上看到采访你的文章，才联系上你的——现在你都成大作家了。"

于是又聊起各自的现状,好的、不好的,都没有了刚才的兴奋。也许是发觉我没有多少谈兴,高恬开始找一些话题。

桌子上有一盘猪头肉,是精选的猪下巴,我们当地人俗称猪拱嘴。

高恬说:"尝尝,这个猪拱嘴,别的地方吃不到。"

一盘子猪拱嘴,被切成一条一条的,在筷子上油亮亮的,颤颤地动。入了口,却很绵软,舌头一搅,就化了。黏黏的,惹得舌头又去搅一下,可是这个时候,那块猪拱嘴,早就下了肚。

高恬又说:"不但这猪拱嘴好吃,而且做这猪拱嘴的人,还有个雅癖。多少年了,他一直在练书法——工笔小楷。"

我的兴趣一下子被吊起来了,想去会会这个人。

这个人就叫柳元。高恬立马取出手机,要给柳元打电话,我说:"这样不妥吧。怪人,都有怪脾气。比如我,如果有人因为这样的原因喊我,我肯定是不去的。"

高恬说:"没事,这个柳元可以不把我这个镇长当一回事,但是咱手里有王牌——朱海潮,是他的连襟。"朱海潮就笑,说他这个连襟不上路子——还是听老杨的,咱们吃过饭去他家玩。

柳元卖猪头肉,长得却并不像"镇关西"。柳元脸瘦瘦的,戴着副眼镜。过一会儿,就摘下眼镜,用纸巾擦擦。他说是屋子里油腥重,不小心,那些油就会糊住镜片。

他写字,都要先计算好,在纸上打好铅笔格,然后才提起一支"青山挂雪",一笔一画,往铅笔格里填。

我问:"是为了考虑整体效果吗?"

柳元说:"我在写的时候根本不考虑这些,甚至连技巧都不考虑。"

高恬问:"你平时都临什么帖?"

柳元笑笑,又拿纸巾擦擦眼镜,说:"我早就不临帖了。"

朱海潮说:"那你还是停留在原来的水平了。"

"我不临帖,但是我喜欢读帖——有的也不是帖,只能算墨迹,不能说字有多好。比如钱锺书,我就喜欢看他的字,但他并不是书家。"

他喜欢看学者们的字。他这一说我明白了,对于柳元来说,他追求的,可能已经不是字的好坏了。他追求字里传达出的气韵。

他拿出几幅字给我看,虽然上面有的地方沾了油污,可是字是真好。

朱海潮随手扯过几幅,要送给我。

我说这样的字,就好比声音里的天籁,这样很随便地就能得到,应该是对它的亵渎。我改天专程来讨。

后来,我把柳元推荐给当地书协的一个领导。这个领导去看了,也称赞不已。

我说:"柳元可能脾气有点古怪,书协不能因为他的古怪就埋没了人家的才华。"这个领导笑笑,说:"怎么会呢?我们也想推出能在全国打得响的书法家。再说,他也不怪呀。"

我发现,这个领导办公室里,就挂了柳元的一幅小楷。

书协给柳元办了几次书展,然后他获了一些奖,再然后,他就到城里来了,有了工作,买了房。

有一回,柳元喊我去他城里的家做客。烟熏火燎的,他在家里做猪拱嘴。

喝着酒,柳元哭了。柳元说:"到了城里之后,我的字就废了,我现在写不出一幅自己满意的字,我想回家卖猪头肉。"柳元还说:"我恨你。"

柳元喝多了,趴在桌上睡着了。

来之前,柳元答应送字给我的。现在,他的妻子把我领进书房,我翻翻那些字,叹了口气。

柳元要送我的字,都是他以前在镇上卖猪头肉时写的。

高恬后来在我的书房看见了柳元的字,也叹了口气,说:"你毁了他啊。"

神秘的房子

孙·凯

陈晓飞做梦都想拥有一套房子。他经常挂在嘴边的一句话是："谁能给我一套房子，就是为他做牛做马也愿意。"

现在城里女孩特别现实，不看长相看房子。陈晓飞眼看二十八岁了，可个人问题仍"八字没一撇"呢。前段时间，工会的李大姐给他介绍一位，对方听说没房子手摆得像风扇一样快。上哪里挣这么多钱买一套房子呢？陈晓飞经常想："三千多元的月工资，七千多元每平方米的房价，不吃不喝也得二十多年才能买起房子，而且还要装修买家具什么的。父母都在农村，能供自己上完大学已经不容易了。"因此，陈晓飞除了认真工作外，满脑子都是房子的问题。

一个周六的上午，陈晓飞原本想回乡下看望父母，可起床后看看时间已经十点多钟了，去他家乡的长途汽车早就开跑了，无奈只能等下个礼拜了。陈晓飞住在单身宿舍十二层，十来平方米的空间住着两个人，另一位同事出差了。陈晓飞泡了碗方便面当早饭，吃过后无事可做，就站在窗口向远处眺望，他看到远远近近新盖的小区住宅，心里很不是滋味。

恰在这时，陈晓飞手机上出现一条短信："告诉我银行卡号，我马上给你打钱过去。"陈晓飞看后觉得莫名其妙，因为号码生疏，就没有当回事。过了一会儿，手机上又出现一条短信："你不是陈晓飞吗？快把银行卡号码告诉我，我给你一笔钱，你去买套房子。记住，越快越好。"

真是天上掉馅饼的事。陈晓飞想，在这个城市里连个亲人都没有，谁会给自己钱呢？既然人家知道咱的名字，把银行卡号码告诉他也无妨。陈晓飞下楼去银行办卡，之后就把卡号发给了对方。陈晓飞手机上立马回复一条信息："先汇八十万元，请查收。"陈晓飞看后一笑了之，他知道现在信息诈骗很多。反正闲着也是闲着，看看对方能用什么手段骗走自己的钱！

几分钟后，陈晓飞到取款机上一查，果真卡里有八十万。他心里像揣了只兔子，一时真不知道该怎么办。他想了想，决定给对方打个电话，电话拨出后，结果手机里传来："你所拨打的电话已关机，请稍后再拨。"随后的几天，陈晓飞天天拨打这个号码，对方却一直处于关机状态。

又到周六，陈晓飞准备回老家看父母，可刚走出宿舍的门，手机的短信就提示他："湖景花园景观楼开盘，你去定一套三室两厅两卫的，三楼或四楼都可，要一百三十平方米左右的，记住要按揭付款，除了首付款外其余的办理公积金贷款。"陈晓飞接到短信后赶紧回拨过去，对方已经关机了。

管他呢，反正自己正缺一套房子。

陈晓飞就去湖景花园看房。到了湖景花园售楼处，来买房的人不是太多，因为湖景花园是全市最高档的小区，价格开得也很高，普通人家是买不起的。陈晓飞选择了一套一百三十六平方米的景观房，交了首付款，余下的部分办理贷款。因为办贷款要单位出证明，陈晓飞买房子的消息迅速传遍公司上下，说媒的人一下多了起来，连那个平时不正眼看他的会计小钱，也主动向他抛媚眼。

这天晚上，小钱会计约陈晓飞到梦都饭店吃饭。陈晓飞正拿不定主意时，他的手机短信突然提醒他："不要去，你要谈的女孩还没有出现，我明天再给你打一百万到卡里，你学着投资挣钱，比如炒股什么的。记住炒股要悠着点，现在点位比较低，可以投资。"

陈晓飞投资股票后，恰逢一轮牛市行情，股指从一千六百多点上涨到三千点，他的股票市值也从一百多万升值到三百多万。创业板上市后，他又把全部股票抛了打新股,一连中了十几个签,一个签最多的时候赚了三四万元。一时间,单位里人都知道,陈晓飞炒股不仅赚了一套房子,而且还发了大财。有一天,工会主席把陈晓飞叫到办公室里,要给他介绍公司老总的女儿,老总的女儿今年二十五岁,不仅长得漂亮,而且还是一名大学教师,陈晓飞一见面就同意了。

结婚前,陈晓飞又收到一条短信,让他与妻子办理婚前财产公证。陈晓飞婚前的房产加股票市值接近五百万,妻子的首饰加房产接近二百万。

天有不测风云,陈晓飞结婚后不久,他的岳父就犯事了。因为父亲贪污,女儿的房产也被检察院给查封了。陈晓飞想:"多亏那条短信,否则自己也会受牵连的。"尽管这样,陈晓飞心里仍觉得不安,他觉得自己眼前的一切仿佛在梦中。

后来,陈晓飞渐渐明白了,他特地去监狱看望自己的岳父。再后来,市福利院接到一笔二百万元的大额捐款,捐款人栏写着:"一个替父忏悔的人。"

自此,陈晓飞才真正感觉到,自己拥有了一套房子。

兰花挑

王文钢

李马做我的司机,我喜欢。我其实就是一卖货的销售员,李马给我开车。李马这人骚。十个司机九个骚,这话一点不假。

正开着车,看见路边一美女,李马的眼神就不好使了。我提醒他注意前方。李马看到美女会啧啧有声,会两眼放光。这是我喜欢李马的原因之一。不像有的人,看到美女,想看,却不好意思。其实这话就是说我自己的。我是个闷骚型的男人,闷骚型的男人很希望跟一个外骚型的男人相处。

李马称他媳妇为蝴蝶。蝴蝶是一个酒水业务员。李马在电话里说:"蝴蝶,你今天飞到哪里去了?"有时候李马并不避讳我在他旁边,在电话里跟蝴蝶示爱:"亲爱的,你慢慢飞。"

我听着感觉有些肉麻,也有些同情那个叫蝴蝶的女人。可怜的蝴蝶并不知道李马看到美女会两眼放光,而且背着她还见过几个女网友。

蝴蝶喜欢花,这是李马跟我说的。李马说,他女人蝴蝶只喜欢兰花。家里有十几盆兰花,可是见到卖兰花的,蝴蝶还是阻不住自己的步子偃上前。

靠近郊区的地方,新开了一家花木大世界。李马告诉我,蝴蝶经常缠着他去那里买花。

别的花不买,只买兰花。兰花是花中君子,价格自然不菲。我有些疑惑,李马一个月就那点工资,他女人蝴蝶工资也不会多高吧,还经常买花,还是兰花。

这女人肯定不会过日子。不，是这两口子都不会过日子。李马跟我说过，他们两口子租住在汽车站附近，每天下班后两口子从来不做饭，都是下馆子。

"蝴蝶在家的时候是个娇小姐，没做过饭，所以我从来不让她做饭。"李马这样跟我说他媳妇。

我从心里有些瞧不起这两口子了。

天天听李马说他媳妇蝴蝶，我就有一种想见见她的冲动。我想知道这个喜爱兰花却不会做饭的蝴蝶长得什么模样。毕竟蝴蝶是李马的媳妇，想见她还得经过李马的允许。我在等待机会。

机会来了，李马那天问我，下午经过花木大世界时，能不能帮他捎带两盆兰花，蝴蝶给同事捎了两盆兰花。

我正想见蝴蝶，我说："可以，反正咱又不耽误工作。"

到了花木大世界，车停好，李马不去花市，却去偏僻的一条小道。小道位于花木大世界的旁边，有个老人蹲在路边。老人旁边有两个木头架子，上面摆满花盆，竟然都是兰花。

李马远远地指着那老人跟我说："蝴蝶称这种卖兰花的为兰花挑。"

我明白，就是挑着兰花走街串巷卖的。

一个女子正站在兰花挑旁边。女子下身牛仔裤，上身白色短衫，青发盘髻，肤色白皙，韵味十足。我心里暗叹李马这小子有福气，却不知道珍惜。

李马喊："蝴蝶，买好了吗？"叫蝴蝶的女子飘过来："我正挑着呢。"

李马说："这是王哥。"蝴蝶笑盈盈的："王哥，挑两盆兰花呗。"

我笑着摇头，心里却涟漪荡漾。让我奇怪的是蝴蝶买花竟然不跟卖花的老人讲价。八十元一盆，两盆一百六。蝴蝶毫不含糊地拉开坤包付钱。

把蝴蝶送到单位，回来，我问李马："花木市场里的兰花品种繁多，质量也好，为何偏偏买一挑花卖的？"

李马挠头一笑："我一开始也是这样跟蝴蝶说的，她说卖花的老人可怜，老人喜欢种兰花,却没钱在花市租赁摊位,而且老人还有两个正上大学的孩子,家里急等着花钱。蝴蝶不光自己买花,还介绍单位的人买花。"

我感叹:"你女人蝴蝶是个好女子,你该珍惜的!"

"实话跟你说吧王哥,我这人虽然见到美女忍不住想多看几眼,但是从来没胡搞过,我跟你说的见网友都是我胡编的。"李马脸红红地跟我说。

我呵呵笑:"这就对了,人生摊上如此标致且有爱心的女子,你老幸福了!"

李马转动着方向盘,有些扬扬得意:"说到爱心,蝴蝶真没说的,汶川大地震那时,她哭湿了几包纸巾,她们单位捐款,数她捐得最多。受她的影响,现在社会上一有什么募捐活动,我们两口子都参加。"

望着他幸福满足的模样,我欲言又止。

李马和蝴蝶可能并不知道,那个兰花挑的主人现在家里并不缺钱花,他的两个孩子大学毕业后找了好工作,老人靠卖兰花,日子富足着哩!

那个卖兰花的老人是我媳妇娘家村的。

正在我想着的时候,李马嘴里哼起了歌:"亲爱的,你慢慢飞……"

品　茶

韦　名

老宋喜喝茶。饭前饭后，睡前醒后，工余闲暇，必独斟独饮两杯。"宁可一日无肉，不可一天无茶！"一天喝不上茶，老宋失魂落魄。

老宋喝茶有讲究。多年来只钟情一种茶——大红袍，其他茶一概不入口。人家追求时尚，茶三酒四旅游二（即喝茶要有三人，喝酒四人，旅游二人），老宋偏喜独斟独饮。

先前，老宋还是小宋时，单位办公用茶不停变化：张领导喜欢铁观音，办公用茶肯定是铁观音；换成喜欢普洱的李领导，茶叶自然换成了云南普洱……不管办公用茶怎么变，老宋喝大红袍不变，独斟独饮的习惯不变。

老宋准备当领导，办公用茶悄悄换成了武夷山大红袍。当上领导后，单位里一夜间，多出很多热衷品茗的同事。

"茶最早起源于中国，西汉时便传到国外，发展成为一种世界饮品。目前，全世界有一百多个国家和地区的居民喜欢喝茶。世界著名科技史家李约瑟博士，还将中国茶叶作为中国四大发明之后对人类的第五个重大贡献！"平时喝水都用酒替代的小侯不知什么时候也改喝茶了，"喝酒伤身误事，喝茶健康高雅！"

"茶叶中含有咖啡碱、可可碱、蛋白质和氨基酸，还有钙、磷、铁、氟等将近五百种的成分，对人的好处多着呢！"坚持每天空腹一杯白开水，多年不沾茶水的老郑喝起茶后，洋洋洒洒列举了喝茶的十四大好处：第一是提神，增强记忆力；第二是抑制肿瘤生长；第三是延年益寿抗衰老……

"大红袍茶树受过皇封呢！"跟着前任领导喝了无数普洱茶的办公室主任喝过大红袍后，不仅对大红袍的色、香、味、形大加赞赏，还挖掘出大红袍的故事传说，"相传，某朝某皇后生病，久治未愈，太子遵母命到民间寻找仙草秘方。武夷山上天心和尚把用九龙窠壁上的茶树牙叶制成的茶叶送给太子，太子带回医治好了母后的病。皇帝大喜，赐大红袍一件，每年寒冬为茶树御寒。红袍盖在茶树上，将茶树染红了，大红袍由此得名……"

"古人喜吟咏茶诗，唐代诗人元稹写过一首《一字至七字诗·茶》。"

新来的博士高声吟咏：

茶，

香叶，嫩芽，

慕诗客，爱僧家。

碾雕白玉，罗织红纱。

铫煎黄蕊色，碗转曲尘花。

夜后邀陪明月，晨前独对朝霞。

洗尽古今人不倦，将至醉后岂堪夸……

老宋单位里喝茶的人越来越多，且清一色喝大红袍，对茶的研究也不断上水平、上档次。老宋却和原来一样，每天自个儿独斟独饮两杯。

"领导，喝茶的人越来越多了，是不是按惯例成立个品茗会，组织一些活动？"领导喜欢读书，单位成立了读书会，一时读书蔚然成风；领导好喝两盅，单位组织过品酒会，大家大碗喝酒，豪气干云；领导爱打球，一时间羽毛球队、网球队、高尔夫球队如雨后春笋，各种比赛接连不断……办公室主任顺应民心，及时向老宋建议。

老宋坐在茶几上，一壶热茶刚泡好，茶盘上三个晶莹剔透的乳白小杯里，蓄满三小杯金黄的茶。老宋端起茶杯，旁若无人地闻香、啜茶、细咽、回味，头也没抬。

领导不反对就是同意！办公室主任急急忙忙去操办品茗会。

一杯热茶下肚，荡气回肠，余香绕梁，神清气爽。老宋美美地喝下三小杯茶，忽然发觉办公室主任匆匆进来后又匆匆出去了，"什么事啊，小李？"老宋对着门外喊。

"没事了，领导！"办公室主任忙着交代办公室秘书起草成立品茗会文件，生怕断了思路！

五月中旬，老宋出了一趟国。回来看到办公室里摆着两罐极品武夷山大红袍，眼睛亮了一下，顺手拿起一看，一行"××单位品茗会成立留念"让老宋心里咯噔了一下。

烧水、烫杯、泡茶，三小杯热茶下肚，老宋顿时神清气爽。

"领导，您外出活动这段时间，单位成立了品茗会，大家一致推选您当名誉会长！"办公室主任适时进来，送上烫金的大红证书。

老宋看了一眼证书说："抬举我了！抬举我了！"

"打球有球友，喝酒有酒友，品茶自然也有茶友。大伙说，既是品茗会的茶友，希望领导能拨冗光临指导品茗活动。"办公室主任一脸诚恳和认真。

品茗会活动频繁，老宋却一次也没参加。

邀不到领导参加活动的茶友们带着茶叶、杯具络绎不绝地来老宋办公室或家里谈茶论道。

只喜独斟独饮的老宋直皱眉头，立下规矩："不得约请，不要上门。"

上门谈茶论道的却不因老宋的规矩而却步。

忽然一天，单位里风传老宋涉嫌经济问题，纪委早晚要查他。

单位里的人愕然，茶友们更是慌乱。一时，大家唯恐避之不及，品茗会如鸟兽散！

老宋托品茗会会长把先前大家"带"来品茗的好茶好工具一一退回大家。

老宋恢复了先前独斟独饮的清静时光。

如是三月，纪委未上门；三年，无事，老宋安全软着陆——光荣退休。

退休前夕,老宋请单位里几位茶友品茗——这是他工作三十多年的第一次,"喝茶乃君子之交,君子之交淡如水。君子之情就如茶,而时间是水,水泡淡了茶,时间冲淡一切!"

退休后的老宋还是喜喝茶,却不再独斟独饮,多了几个茶友。

布局者

江泽涵

他自幼迷恋围棋，矢志成为棋道大宗师。祖上积累殷实，所以，三十个年头，可以一心沉浸围棋中。棋艺精深，罕逢敌手。

后来，他认为出门找对手挑战，费财费力，遇上高手，没个两天两夜分不出高下。况且棋道高手斗棋，犹如武林高手决斗，数招内能判出胜负才是上乘。

于是，他花了十年心血，布成了一个珍珑棋局。

珍珑，"珑"谐音"笼"，谓精致如笼子一般不可破解。

棋局一出，果然引起轰动，他只需等着对手上门来破局就行了。

此外，这些年，家中几近坐吃山空，于是他立下规矩："前来破局者，每盘下注一百，破了奖金一千。"小城顿时沸腾起来，棋室每天挤满了人，可是，竟无一人能破。为了吸引各路高手，提高奖金，二千，三千，五千……一万……来破局的人越来越多，可是，升到十万，也还是没人能破解。这天，他正打算收摊，棋室来了一位灰袍老和尚。老和尚也是同道中人，游历到小城，听说此处有一个无人能破的珍珑棋局，就立刻赶来。

"师父也是来破局的？"他问。

"可以让我看一下棋局吗？"老和尚答非所问。

他做了一个请的手势。他很慷慨，因为他很自信。

此局布成后，每与人斗棋一次，就深刻反思一次，又经过十多年的锤炼，别说破绽，连瑕疵也找不到了。在斗棋时，佐以自己炉火纯青的棋艺，更是无懈可击。

他吃完晚饭出来时，老和尚还在观摩，又过了很久后，眉头舒展。他心里咯噔一沉："难道老和尚瞧出了端倪？"

不料，老和尚摇头说："这是盘死棋，无法破解的死棋。"

老和尚如是解析："此局明合五五梅花之数，互通声气，一方不敌，四方支援，可以说已是立于不败之地。更厉害的杀招是，暗合三才、四象、八卦等兵家奇阵，每一子都波及全局。"

他想："老和尚能一眼看穿其中奥妙，恐怕棋艺还胜我几分，不过你终究破不了这局棋！"

老和尚说："你难倒了多少人？"

他得意一笑："我自己也记不清了，连国外棋界高手，也是满怀信心而来，铩羽而归。"

老和尚也笑了，跟他攀谈起来。聊着聊着，聊到了他的家人，他猛地哭泣起来，妻儿如今都不知在何方。

"我一辈子都钻在围棋子里，冷落了妻子，疏忽了儿子。那年，我决心创一盘空前的棋局，于是就把自己关在地下室，除了保姆谁也不准进来。"

"有一天，我收到妻子的字条，说她实在受不了这种日子，决定带着儿子离开，否则儿子也会被我毁掉了。毕竟做了十多年的夫妻，我以为她就是闹闹，也就没在意。等我研究出棋局出来后，妻子真的带着儿子走了，再也没有回来。"

"这么多年来，难道你不想他们吗？"老和尚问。

"想，怎么会不想？他们走后，我越发想念他们，花重金征询他们的下落，可是，杳无音信。我忍受不住思念他们的痛苦，只好更加疯狂地沉迷到围棋中，来麻痹自己。"

老和尚叹了一声，说："你凭着这个棋局，打败了无数高手，挣来了至上的名誉和金钱,可是,到头来你连家也毁了。"

"这棋局,这棋局……"他再也按捺不住,放声痛哭。

老和尚还说:"棋应该是活的。如果棋死了,那是棋手的悲哀,也是棋界的悲哀!"

他止住哭声,说:"师父,可有解救的方法?"

老和尚想了想说:"有,给死局留一个口,为破局者,也为布局者。"

他细细咀嚼着这句话,终于如梦初醒……

别墅里的女孩子

谢大立

小楼是在别墅里把手伸向一沓钱时遇到女孩子的。

女孩子和他年纪不相上下,圆圆脸,眼睛特有神,可以说是他见过的女孩子中最漂亮的。她由楼梯上款款而下,看到他后停住了脚步,一手扶在楼梯扶手上,一手拿着款式新潮的手机,望着他似笑非笑地说:"是你来的不是时候,还是我出现的不是时候?"

小楼伸向钱的手就僵在了茶几的上方,目光也僵在了女孩子手里的手机上。女孩子显然是一个有经验的女孩子,与小楼之间的距离,是安全距离,小楼伤害不到她。她手里的手机却在提醒他,她随时都可以报警。

要在以往,他是不会那么在意的。他翻窗入室,不过只是想填饱肚子。再说他专门进这些别墅,也不叫偷,是别墅的主人把钱放在茶几上让他拿。和钱放在一起的是张留言条:"只要不损坏屋子里的东西就成。"

可眼下,他不得不当回事,已故父母单位的人说的话已传到了他的耳朵里:"既然大人是冤枉的,他们的孩子,单位里不能不管。"如果女孩子报了警,自己在公安局挂上了号,那些好心的人们想管也没法管了。

女孩子仿佛看到了他的心里,眼睛仍警惕地盯着他,并开始把手机在手里优雅地掂来掂去。每掂一下,他的心就缩一下。心缩得不能再缩了,他扑通一声跪在了地上,求她说:"请你不要报警,我再也不敢了。"女孩子莞尔一笑,说:"我对你说我要报警了?"他对她叩头,急忙走。女孩子说:"可得走好哟,要是不小心让保安逮住了,那你可别怪我了。"

他没有被保安逮住,还当上了管这片小区的警察。开始,他实在不愿走进这个小区,怕被姑娘认出来。不得不进这片小区时,也是试试探探地进。久了,见别墅的门仍然像半个月前那样始终关着,便狐疑,便向别墅的邻居打听别墅,向小区的保安打听别墅。得到的回答是:"别墅的主人出国探亲去了。""主人出国,是不是有人在帮着照看房子?"他再问,对方的回答是:"这只能问别墅的主人才清楚。"

别墅的主人终于回来了,是一对中年夫妇。他问:"你们出国时是不是请一位姑娘帮你们看过家?""请姑娘?"男主人说。"一位姑娘?!"女主人问。

那位姑娘,看来不像是他们请的。那是个什么角色? 问号像一根刺鲠在了他的喉咙里。他觉得该找,找出那个女孩子,于人于己都好。

他就开始找。在面馆里吃面,女服务员把面端给他时对他笑了笑,他觉得那笑眼熟,有内容,就说:"我们好像在哪里见过?"女服务员马上敛起笑说:"你认错人了吧?"走在街上,他突然觉得,与他擦身而过的一位姑娘,也像他在别墅里见过的那位女孩子。医院里,他觉得给他打针的女护士也像那个在别墅里出现过的女孩子,就忍不住又说:"我们好像见过面?"女护士态度倒是蛮客气,却建议他去精神病院看看。

终于找着了! 对方是被他逮住的女扒手。他早就怀疑她,所以审问尤其仔细。问了她作案的详细情况后,又问她还作了哪些案? 女扒手说初犯。他说:"不是吧,我们好像见过面。"她看看他,寻思一阵后低下了头,随后又摇了摇头。

一改教育、放人的老程序,他把她关起来,又一次来到了别墅区。

女主人一见他,像见到了救星,说:"你来得正好。"男主人却说:"你怎么又来了?"女主人说:"他怎么不能来? 你心虚了?"男主人说:"我都跟你赌咒发誓了……"他笑笑说:"看来由于我的出现,给你们造成误会了,我来,是为一个女扒手的事,请你们配合。在你们出国的那段时间,家里丢了什么东西没有?"

他想,只要他们点头,他们家茶几上的那沓钱就是被女扒手拿走了。那个女孩子就铁定是女扒手了。想起那天她对他的戏弄,他对她磕的那些头,他在心里痛骂:"可恶的女扒手!"

没想到,男人说:"不知道你都说些什么?"女人也说:"你们当警察的是不是吃了饭没事做,非要弄出点什么事?你要没有别的事,我们还有事。"说着,拉一把男人,关上门就走。

回到所里,女扒手已被所长放了。他问:"怎么就放了?"所长说:"你啥意思?不放,你供她饭吃?"他说:"涉案的事不是还没有搞清楚吗?"所长说:"你想让她涉什么案?你不是见她长得还有几分姿色,产生了想法吧?要那样,涉案的就是你了。"他恍然大悟,觉得所长的话也不无道理。